U0855580

漫娱图书

古人很潮衍生·谜匣系列

古人很潮 编著

与卿共风月

开启

长江出版社
CHANGJIANGPRESS
漫娱图书

目

录

叁 诗酒风流

肆 山长水远

特工大学
新生入门测试

欢迎登录特工大学新生官网！

新生编号 89757，
热烈祝贺你以优异的成绩考入特工大学关爱古人学院，
成为一名备受期待的准特工！
关爱古人学院是特工大学的王牌学院，
旨在修复古代人造成的历史 bug，
实现他们的心愿等。

本学院采取实践教学制。
在校学习期间，
各位同学将在系统中领取不同难度的任务，
然后回到任务所在的时代，
在与古人面对面的相处中完成这些任务。
任务成功即可获得学分，学分修满即可毕业。
成功毕业后，你将获得王牌特工证书，
成为时空研究所的中坚力量！

登录学院

为了增加大家对实战的了解，
请各位新生登录实战模拟系统，
进行虚拟作战，
提前了解不同等级的特工需要掌握的技能。

特工 89757，欢迎登录实战模拟系统，
模拟机编号 NC075，现在请领取你的任务卡。

领取任务卡 ▸

任务卡

文/明戈

唐朝开元年间，
解元赵南的会试答案与另一名考生的
几乎一字不差，
且对方先于他作答完毕。
经大理寺确定存在舞弊事实，
赵南锒铛入狱，并于三天后斩首示众。
经学院查证，赵南并未抄袭，
反而是舞弊案的受害者。

请你穿越回唐朝，查明幕后真相，
拯救赵南并还他清白。

系统提示

作为测试阶段，获得放大镜×2，可查看「深入」线索。

1

一阵天旋地转后，你来到了赵南的牢房。

只见一身形修长的男子气若游丝地趴在冰凉的地面上，头发散乱，原本雪白的长衫满是血痕，一看就遭受了严刑拷打。

你心疼地蹲下身，帮他捋了捋头发，然后轻声唤醒他。

赵南睁眼看到面前多了个大活人，惊得差点坐了起来。不过对于他的惊讶，你并没有时间详细解释。

你简明扼要地讲明来意，便掏出小本本开始询问他具体经过。

赵南愣了下，随后回忆道："我只记得考试前一天随便找了个客栈住下，但之后发生了什么，就记不太清了。第二天又睡过头，赶到考场时其他考生都答了一半了，时间紧张，我又一直专心答题，并未注意到周围有什么异常。"

"我是最后一个交卷的。交了以后，主考官竟然没让我走，而是仔仔细细翻阅起来，一刻钟后突然把我的卷子狠狠地扔到地上，称我抄袭考生孟青。我大呼冤枉，可他给我看了我们的试卷，答案竟一字不差！我虽然疑惑，却也无力辩解，毕竟我是最后作答完毕的。"

"可，可我真的没有作弊……"他红着眼圈低下头，拳头紧握，"从小父亲便教导我行事要对得起良心，他做了一辈子清官，刚正不阿，是我的榜样，我怎么可能辜负他啊！"

面对这样的赵南，你更是坚定了为他洗刷冤屈的决心。

于是你当机立断决定 ______。

A. 调查古怪的主考官 跳转4

B. 调查考生孟青 跳转6

2

你连忙追上去。可还未等你开口询问，就被客栈一众人马包围。

你虽功夫了得，奈何寡不敌众，还是被抓了起来。

达成结局

普通特工

3

“也许是我想多了。”你摇摇头。

达成结局

普通特工

4

那个主考官一定有问题!

你溜出牢房，快马加鞭来到了主考官的府邸。

经过勘察，你发现前后门都有侍卫把守，戒备森严，只能利用绳索铁钩翻墙进入，不过这对作为特工的你来说小菜一碟。

准备好装备后，为了防滑，你掏出 _____ 抹在手上。

A. 镁粉 跳转7

B. 石灰粉 跳转23

5

赵南即将被斩首，现在的重点是帮他洗刷冤情。

你来到官府，把证据一一呈上，说明客栈使用绕魂香陷害考生的卑劣勾当以及舞弊者是孟青而非赵南的真相。

证据齐全，客栈对犯罪事实供认不讳，赵南终于从监牢被放了出来。

至于幕后黑手，你在脑海中细细盘算了一遍，认定就是 _____。

A. 跛脚小二 跳转17

B. 刘老板 跳转19

C. 副考官 跳转20

D. 另有其人 跳转21

6

这场舞弊案最大的受益人便是孟青，他那里一定有线索。经打探，你得知孟青就住在长安城内，平时不学无术。孟青父亲是纺织业的大亨，家里商铺极多，富甲一方。

你略施轻功来到孟府，趁四下无人溜进他父亲的书房。经过细心翻找，终于发现一封看起来十分可疑的信，可打开后里面却是一张白纸。你对着光看，发现有些地方微微反光，于是你立刻明白这是一封用某种物质所写的隐形信。为了让纸上的字显形，你判断后选择 ______。

A. 用白醋侵泡 跳转9

B. 捻一把细土轻扫 跳转8

7

抹了镁粉，你轻松翻入府内。

走进厅堂，只见上方悬挂着牌匾，上面写着硕大的“清正廉洁”四个字，桃木案上是一摞厚厚的文件。

你翻开文件，从中掉出一张字条，明显被撕掉了一部分。上面是一行漂亮的正楷，可惜只有半句。

“事成之后，珠宝十箱。”

很明显，这是一封行贿信。你刚把信放进口袋，就听到从堂内传来的脚步声。你选择 ______。

A. 考官就是主谋，事不宜迟，立刻指认 跳转12

B. 躲到暗处继续观察 跳转10

8

上面的字是用白蜡所写，轻扫后字迹果然显现出来。

“事情已办妥，剩余黄金尽快交付。”

原来是孟青的父亲为儿子找了某个幕后黑手帮忙舞弊，可惜你还没有找到更有力的证据。

你又看向信封，发现这封信是从“福来客栈”投寄出的。你暗自思忖，幕后黑手很可能还在客栈里，于是你即刻启程赶去。

到了来客栈门口，只见几个遮阳的大爷正在闲聊。

你选择 _____。

A. 听听他们聊什么 跳转24

B. 不理他们，赶快从正门溜入客栈调查 跳转18

9

由于你判断失误，采取了错误的手法，导致关键性线索损毁。

达成结局

初级特工

10

主考官从远处走来，神情激愤，只听他大声嚷着：“这赵南过分至极，竟还偷偷送行贿信进来！我平生最恨舞弊之事。这么多年，连枪手所写的答案都逃不过我的火眼金睛，既然敢如此大摇大摆地舞弊，就休怪我当众戳穿他！想让我站队？不可能！”

一旁的副考官也连连安抚：“怪不得你今日大发雷霆。消消气，咱才不稀罕他那些个珠宝，你身子气坏了，卷子可都得我批了。”

听闻此话，你立刻知晓疾恶如仇的主考官是无辜的，而这封信也定是陷害赵南的工具，好一招借刀杀人！

这条线索断了，你思考片刻，决定 ______。

A. 前去调查孟青 跳转6

B. 先仔细研究手中的行贿信 跳转11

11

这封行贿信一看便知是出自富贵人家，纸张极其考究，有暗纹{深入 4}。仔细看，右下角还有个略泛碧青的水痕{深入 1}。

查看完毕后，并无其他发现，你决定还是去孟青的府邸一探究竟。跳转6

12

“什么清正廉洁？呸！这个贪官！受人贿赂污蔑赵南！”

你立刻拿着信去官府报案。

可经官府查证，主考官并未有受贿行为。而你由于打错官司耽误了时间，赵南被斩首，任务失败。

达成结局

初级特工

13

路人的对话让你推断这客栈一定不像表面上那么简单，而最能证实你猜想的物证便是账本。

你一边躲避店小二一边搜寻，终于，在一个上锁的箱子里发现了它。

仔细查看之后，你发现这个客栈每逢考试之际，都会有巨额资金流入。你越来越确定这家是帮客户舞弊的黑店。

再往下翻，你发现了每笔交易的付款方，内定考生的名字等资料也写得十分详尽，孟青和赵南也赫然在列。

面对种情况，你决定 ____。

A. 事不宜迟，拿上账本，前去官府报案 跳转22

B. 再去看看赵南的客房 跳转14

14

你推开房门，发现屋内空气很差，也许是窗户紧闭的缘故。

房间已经被收拾干净，看不出什么痕迹，不过桌子下面 {深入 3} 似乎有什么。

你走向南面的墙，突然发现角落里有一个透光的小孔，光线应该是从隔壁透过来的。小孔里似乎还有些残留粉末，你刮了一点放到绢布上，检查一番后发现这是绕魂香燃后的灰。这种香燃烧后无色无味，却可以让人半梦半醒，不分虚实。

原来是这样！你恍然大悟。定是客栈不知用什么手段弄到了考试题，之后迷晕赵南套出答案交给孟青。等第二天赵南醒来，丝毫不记得前一晚的事，只当是起得太迟了。

正当你收好证据时，门外突然传来响声。

有人！

你立刻追了出去，发现是楼下的跛脚小二。

接下来你选择 _____。

A. 追上他 跳转2

B. 不管他，拿好所有证据去报官 跳转5

15

虽然你已经将幕后黑手送入监牢，可你还是觉得哪里有点奇怪。

A. 那封行贿信 跳转16

B. 墙孔里的绕魂香 跳转3

C. 跛脚小二 跳转25

16

对！奇怪的感觉就来自这里！

如果单纯要帮孟青舞弊，何必事先写下那封行贿信？大可直接把迷药的剂量加大，让他和别人一样睡过头，没必要如此大费周章。这简直就像专门为了陷害他而设的局。你隐隐觉得副考官背后还有另外一只手在操控着一切。

你想起赵南说过的刚正不阿的父亲和主考官看过字条愤怒的“我不站队”。

正当你沉思时，角落的阴影里忽然走出一个男子，经过你面前时玉佩突然掉在地上。你俯身帮他捡起来，却发现上面的图案看起来十分眼熟 { 深入 2 }。

他眼色复杂，未向你道谢，抽走玉佩便转身离开。你看着他远去的背影，连忙问一旁的衙役那是何人。

衙役满脸震惊，半晌道。

“当朝宰相，李林甫。”

跳转番外【王牌特工】

（前往公众号“古人很潮”，输入“王牌特工”领取番外。）

17

很遗憾，跛脚小二只是客栈舞弊案的从犯。桌底的鞋印只能表明当晚他有参与，但他并非幕后黑手。

达成结局

中级特工

18

你鬼鬼祟祟的身影很快引起了店小二的注意。

正当你撬锁时，突然后脑挨了一棍晕了过去。

醒来后，你发现自己被绑在仓库里。而你面前竟然站着……

原来是他！

你虽已知晓幕后黑手是谁，可惜自身难保。

达成结局

普通特工

19

很遗憾，卖酒的刘老板只是替幕后黑手做事。虽然行贿字条上滴有他的竹叶青，可那只能证明字条是他代笔，并不代表他是主谋，他并不具备布局的能力。

达成结局

中级特工

20

恭喜你！本案的幕后黑手就是副考官。证据便是主考官怒斥赵南舞弊时，从未提及贿赂之物是珠宝，可没见过字条的副考官却知道内容。而且只有考官才知晓考试题目，能操盘整个偷梁换柱之局。

成功完成任务后，你觉得一身轻松。

你决定 ______。

A. 返回系统 【达成结局——高级特工】

B. 反思案情 跳转15

21

虽然这桩案件背后仍有隐秘，但没有足够的证据支撑，你的猜想无法得到证实。

达成结局

高级特工

22

面对你出示的铁证，客栈供认不讳，赵南也沉冤昭雪。可你并未调查出舞弊案的手法，也未找出最后的幕后黑手，略显遗憾。

达成结局

普通特工

23

你抓了一把石灰粉涂在手上。可随着攀爬过程的手部出汗，你越来越觉得灼烧难耐。最后实在受不了，手腕一软摔落在地。

你的惊叫声引来守卫，他们立刻把形迹可疑的你扭送官府关押起来。

达成结局

初级特工

24

你悄悄地站在他们身后，只听见这两人低声嘀咕着。

甲：“这客栈生意可真好，离考场近，考生都住这儿。”

乙：“可之前怪得很，住在这里的好几个状元苗子都没赶上考试，听说都睡过头了。”

甲：“这么奇怪？”

乙:“不仅如此,据可靠小道消息,新来的掌柜把店小二都换成会功夫的了。”

甲：“刘老板？”

乙：“对，就是那个卖竹叶青的。”

你听后决定放弃正门，偷偷从后门溜进去。

跳转13

25

“也许是我想多了。”你摇摇头。

达成结局

高级特工

考核结果

【初级&普通特工】

出于对新生安全的考虑，

请各位特工从D级任务开始学习。

（跳转至023页）

【中级特工】

成绩合格，

可从C级任务开始学习。

（跳转至085页）

【高级特工】

恭喜各位优秀的特工新生，

可任选一个任务开始学习。

恭喜编号 89757 完成入学测试！
现在请退出实战模拟系统，登录所在学院页面，
完成对应专业课程！

登录学院 >

返回上级
肆
叁
貳
壹
镜花水月
进入关卡
Chapter
壹
One

解锁角色

陆游

开始游戏 ▸

任务一

破镜重圆

任务等级 D

人物线索：一本旧日志

文 / 夏眠

十一月十二日 阴

明天是我的生日，娘亲说我明天可以不进学，给我张罗一顿好吃的。父亲还是常常唉声叹气，我知道他是为了北边的事心烦，自从我们从老家逃到这里，他就没有开心的时候，也只有当我念书念得好时，才会笑着夸我几句，接着又开始唉声叹气了。

我特意求娘亲做了金齑（jī）玉脍，因为婉儿特别喜欢吃。上一次吃，还是在盛夏。白嫩的鲈鱼被细细地切成生鱼片，洁白透亮，再用金黄色的香柔花叶切成丝拌在一起，吃的时候蘸上醋，鱼肉入口鲜而不腥，最是解暑。

想到婉儿，我顿时觉得天都没那么阴了，那朵黑色的云还挺别致的。我打算给婉儿一个惊喜，我在父亲的书房看到的《齐民要术》上讲，配生鱼片最好吃的蘸料是白梅。用还没有熟透的青梅在盐水里泡几天，再晒干，再泡，再晒干。打算在婉儿来的时候，拿出我前几日就做好的白梅给她吃。

郎骑竹马来，绕床弄青梅。

终有一天，我一定会娶她的。

八月二日　晴热

娘这几日一直催我考学，我已成家，立业也是自然，可言谈之间，似乎对我整日与婉儿吟诗作对有所不满，连带着对婉儿也没什么好脸色。

我爷爷是副宰相，外公是正宰相，父亲历任淮西提举常平、淮南东路转运判官等职。相较于这样的家世，现在只是九品登仕郎的我，感觉确实要更加努力。

于是，我这几日都泡在父亲的书房里，父亲书房的藏书足足有上万册，记得当年朝廷要重修皇家图书馆，还从我父亲那里复印了一万三千卷。

婉儿有时会带着解暑的吃食来看我，尽管脸上带着笑，但我还是能看出娘亲给了她太大的压力。我宽慰了她几句，捏了捏她的脸，还给她写了诗，最后喂了她一块点心，这才把她哄开心了。

婉儿也喂了我一块。酥油鲍螺，奶渣拌上蔗糖和蜂蜜，旋转出了漂亮的螺纹，咬下去酥脆可口。这点心一出，中秋节就要到了。到时候一家人坐着赏月，和父亲聊聊天。最近他的身体是一日不如一日了，这酥油鲍螺希望父亲能喜欢。

中秋节，正是菊黄蟹肥时，我吩咐下人采办了一篓子蟹。不过蟹还是浔阳蟹最好，剥蟹的时候，满满的蟹黄，一口蟹肉一口酒，人生之大幸。我和婉儿约好，他日我们一起去吃浔阳蟹。

九月十日　雨

父亲离世。

娘亲要我休了婉儿。娘说，婉儿在我身边，不仅无所出，成天就知道风花雪月，还耽误我考取功名。

我解释过，但娘亲执意如此。她哭着对我说，你的两个哥哥都不成器，陆家的前途全靠你了。

我和婉儿约好，先将她安顿好，等我说服我娘亲，自然会接她回家。婉儿拿出当日结亲的那只凤钗，拉着我的手说：“千万不要忘了我。”

我不想记日子了。婉儿走了之后，我能记住的，只有科考的日子，等我考上了，就去接婉儿回来。

第一次考，主考官说我表现得很不错，结果秦桧直接撕了我的卷子。我给婉儿写了封信，打算之后继续考。

第二次考，主考官说我答得很好，结果秦桧又撕了我的卷子，想来想去应该是因为我看不惯他在金人面前奴颜婢膝的样子，写文章骂过他。

正当我打算给婉儿写信时，哥哥看不下去，告诉我："唐家早就把婉儿嫁出去了，现在她是鲁国长公主的侄孙赵士程的妻子。娘亲给你又相了一家，那女子虽大字不识，但很贤惠。"

当哥哥说到赵士程的妻子时，我就什么都听不见了。

胃疼得厉害，疼得好像心碎了一样。

三月

今日友人邀我去游园。

园里春光正好，我看着婉儿和赵士程相依相伴，园子里刮起一阵风，赵士程找了件披风给婉儿披上。那一瞬，她看到了我。

我觉得那一瞬很长，她在那头，我在这头，长到我们跨不过去。

赵士程是位君子，上前和我行礼。我们坐在石凳上，饮着酒，寒暄了一阵。婉儿比当日离开我家时，丰腴了不少，她轻低着头，只是含着笑。

我猜到了开头，却无论如何没有想到结果。

东风恶，欢情薄。一怀愁绪，几年离索。错错错。当初的海誓山盟，也不过是过眼云烟罢了。

那之后，我把所有关于婉儿的东西都丢了。

四月

最近发了病，什么都吃不下，只能勉强咽下一些粥和斋菜。

可能是因为生病，我拼命想要找回之前丢掉的东西，家人帮着找到不少，唯独那只凤钗，不知道被谁捡去了。

七月　雨

他们说婉儿死了，我不信，他们定然是骗我的，就像当年婉儿说会等我去接她一样。

五月

时隔多年，我又开始记录了。我换了一本新的册子，旧的那本放在了书屋的最底层。

前些日，我被派去了夔州。全家跟着我一路从山阴赶到了蜀地，多有不便，辛苦他们了。蜀地多雨，在雨声里记起有人说过喜欢看我笑的样子。

好。既然流放了，我就干脆改名叫放翁，我偏要把日子过起来。

七月

五年前，江西发了水灾，我强行提前开了粮仓，再写救灾申请，因此被弹劾。

五年后，朝廷把我派往严州，我觉得我没错。一路上道路崎岖难行，我在路边和一位歇脚的老人问话，想找份吃食聊以自慰。那个老人脱口而出："浔阳蟹啊！您不知道吗？"

我知道，我当然知道。

当年约好，一起去浔阳，一起吃蟹，一起喝酒，一起吟诗对月。

九月

离开严州前，我特意去吃了一次浔阳蟹。

酒楼的人一定以为我疯了，因为我一边吃一边哭。我知道我醉了，因为我看到婉儿坐在我的身边，她还是这么美丽的样子，眼里闪着光和我聊天作诗，开解我的情绪。

我站了起来，拿起酒洒在桌上。

婉儿，答应你的事，我做到了。

一月

今日回到园里，才知道很多年前，我的词填了下半阕，是婉儿填的。

我发了疯一样到处张贴告示，想要寻回那只被遗失的凤钗，却迟迟没有消息。

三月

家人终于替我找到凤钗的下落了，是被一个卖冰糯引的老人拾走，后被一户人家买走了。我刚要问，家人看了我一眼，缓缓地接上后半句，买家是赵士程的亡妻，唐婉。

生前素爱如真，死后一起陪葬了。

四月

大限将至，等我。

人物线索：剧情回溯

文 / 拂罗

这场爱情悲剧还要从南宋年间开始讲起。

少年和少女青梅竹马，两小无猜。

转眼两人长大了，吟诗作对时偷偷一瞥，便能看清对方眼里羞涩的情愫——眼看俩孩子友谊逐渐变成爱情，双方家长喜上眉梢："民政局我给你们搬来了！"

那时候，他们是天合之作，所有人都恨不得化身按头小分队。

陆游整日围着唐婉团团转，恨不得把天上的星星都摘下来送给她，至于科举当官的事？明天再说，下次一定。

这就引来了陆游母亲的不满。

儿子不读书，儿媳也不劝。

陆母愤怒值 40％。

都说女子不应有才华，儿媳也不务正业，不忙家事忙创作。

陆母愤怒值 60％。

愤怒的陆母跑去庙里算了一卦，被和尚几句话吓得魂飞魄散："此女乃是克夫命，与您儿子八字不合，怕是会招来祸害！"

和尚认证：FFF 团职业法师。宁毁十桩婚，不拆一座庙。

陆母愤怒值 100％，读条完毕。

二人的情谊被蛮横地斩断，雷厉风行的陆母立刻找了个乖巧顺从的王氏姑娘，强迫陆游迎娶新妻。

王氏爱陆游吗？不一定。

陆游爱王氏吗？不一定。

锦书难托，从此再没有唐婉的消息。

这些年，唐婉又如何了呢？

原来在得知陆游娶新妻后，唐家怒不可遏，立刻将女儿嫁给了另一个男人，赵士程。

捂热一块冰要多久？

赵士程不知道。

这些年相处，他终于盼来唐婉的脸上偶然绽放一丝笑意，未曾料到一切都随着沈园那场重逢前功尽弃，烟消云散。

四目相对。

恍若隔世。

在赵士程轻声应允下，唐婉先打破了漫长的死寂。满心疮痍，她一步步走去，敬陆游一杯酒；满身狼狈，她又转身一步步回到赵士程身旁。

谁错过了谁？

谁如今是谁的陌路人？

直到唐婉与赵士程离开沈园，恍惚的陆游才如梦方醒。

满身沉痛，他浑浑噩噩向前，险些撞上沈园粉壁；满身疲惫，他浑浑噩噩抬头，捉笔在墙壁上题词一首。

一怀愁绪，几年离索。

陆游黯然离去。

一年后唐婉重来沈园，泪流满面，提笔和一曲《钗风头》在后。

唐婉最终在惋惜中离世，在她去世仅仅两年，赵士程也随之撒手人间，两年间未再娶。

若时光倒转，一切重来一次，是否还会落得如此凄凉的结局？

朝代：南宋

任务背景：经历过“靖康之变”后，北宋灭亡。中国历史上发生第三次“衣冠南渡”事件，南宋成立。此时，内有秦桧把持朝政大权，外有金国虎视眈眈，正值宋朝混乱时期。

任务目标：帮助任务对象追回唐婉

执行人：特工 89757

文 / 拂罗

开始任务

他看着她从顽皮的小丫头，慢慢长成欲说还休的姑娘。

他看着她望向自己的时候，眼中懵懂的光逐渐升华为爱情。

他将那支珍贵的凤头钗相赠，一字一句，无比郑重：“我要娶你。”

他从不怀疑，她是他的青梅竹马，天合之作。

不知何时起，他发现她悄然变了。

她依旧柔弱如柳，眼中却多了熠熠坚强的神采，还有任何人也无法折断的骨气。

她依旧微微浅笑，柳眉却时常蹙起。

她有了自己的心事，他看不懂。

1

公元 1145 年，秋。

自你用 移形换影 穿越到唐婉身上，已经在陆家过了有一段时日。

此时正是二人大婚不久，破镜重圆要从源头开始。接下来要做的，便是帮这一对苦命鸳鸯避开悲剧的命运了。

要如何绕开呢？

入秋渐凉，庭中枫红，你倚在窗前百无聊赖地捏着一片枫叶思索办法，房门忽然人推开。年轻公子端着一盘糕饼正走进来，眉目如画，清俊温柔："婉儿，在想什么？"

——此时的陆游，还是个弱冠之年的年轻公子，与唐婉蜜意正浓。

你已习以为常，随口答："伤秋。"

陆游不再打扰你赏景，他将糕饼放在桌上，安静地坐在对面。不知出神多久，你察觉来自对面的温柔视线，一回头，正与他四目相对。

"你，你怎么又盯着我看……"你轻咳一声。

"你已经是我娘子了，还不许夫君多看？"陆游眨眨眼，轻笑，"好看。"

你哭笑不得，挪开视线，只见那盘糕饼无比精致，摆盘成了梅花的形状："这么好看！你怎么不吃啊？"

"这梅花，缺一瓣可就不是梅花了，我做好想让你瞧瞧，你却不大搭理我。"他笑意无奈，"你看，都凉了。"

原来陆游的厨艺年轻时就这么高超。

你赶紧拿起一瓣咬了口，听他认真道："婉儿，有什么心事，都可以对我讲。"

这句话，他已经变着法子对你说了无数次——他与唐婉青梅竹马，你的细微变化，怎会察觉不出？

可有些事……告诉他真的有用吗？譬如，是多年后的他许下心愿召你来的？

罢了罢了，还是自己想办法吧，陆母看唐婉不爽的根本原因是什么呢？

A. 陆游整日谈恋爱，不去考功名 跳转4

B. 唐婉生不出孩子 跳转6

2

“猫怎么会是邪物！”你忍无可忍。

陆游匆匆赶到时，陆母正大发雷霆，怒嚷着：“休妻！”

剧情还是被推向了无法挽回的地步。

达成结局

·任务失败·

母命难逃

3

你想推开女眷们，却发现唐婉体力不支。

唐婉心碎值 60%。

任务要失败了吗？

大雨模糊了你的视线，有一道熟悉的身影冒雨赶来。

“娘，婉儿——”

陆游一把推开拉扯你的女眷，将你护在身后，悲恸着望向陆母：“娘，儿不要娶什么王氏！”

雷鸣轰隆，大雨将一切喧嚣都掩盖，你眼睁睁看着陆游跪下去，眼神坚毅，高声重复：“我今生只爱她一人，请娘成全我们！”

陆母颤巍巍退后：“你，你……”

你睁大了眼，望着陆游的背影，说不出话。

这……和历史进展不一样！陆游第一次违逆了母亲！

你咬咬牙，与他并肩跪下。

大雨瓢泼，一场闹剧终于落幕。

“主母这么倔强的人，当日居然服软了，还哭着扶公子夫人起身……”丫鬟议论着。

你睁开眼，窗外风清日朗，陆游寸步不离地守在你床前：“婉儿，有没有好些？”

你迷迷糊糊抬头，与他温柔的视线相对，才想起前日发生的事——见你们以死相逼，陆母这般倔强的人，也终于被儿子的反抗震撼，答应不再阻拦你们。

“婉儿，都过去了。”陆游慢慢抚上你的额头，“还有些烫……”

你长舒一口气，笑着催他：“你啊，别整日守着我，快去读书。”

本以为他会乖乖答应。

不料下一刻，你被他温柔扯入怀中：“我再也不会放手了。”

“我啊，想让我的娘子快些好起来，陪我去读书。”他的低音在耳畔轻轻响起，“然后就这样陪我一辈子，好不好？”

达成结局

·任务完成·

长相厮守

4

想到这点，你二话不说就推着陆游往书房去：“走，看书去，早点儿考试保平安。”

“婉儿近来说话真是愈发让人听不懂……好好好，都依你。”陆游无奈地笑，忽然握住你的手，一本正经，“我也有个要求。”

“嗯？”你纳闷地抬头。

“我要我娘子陪。”他温柔地拿出帕子，擦擦你嘴边的糕饼屑。

哎呀，这人……

你脸上莫名发烫，气势汹汹地找来古籍往桌上一放，勒令他明早前全读完。

说罢，你往他身旁一坐，俨然一副监考官的神气。

陆游无奈地笑，他本就好读书，被文字吸引其中，神色渐渐认真起来。

“婉儿？可以帮我掌灯吗？”

不知守了多久，听见陆游温柔的嗓音，你再猛抬头，原来窗外天色早就暗了下去。你忙把烛火点上，讪讪地嘟囔：“我睡着了？你怎么不叫醒我。”

“你睡得那么香，我怎么舍得叫醒你。”

烛火映照着他的微笑，他望着你，眼中如落星芒。你心虚地挪开目光，这要是唐婉本尊，肯定不会睡着的……

不过，拯救爱情还得靠你！

你紧张问：“陆伯母……娘有没有来过？”

陆游点头：“听到你催我读书，娘很是满意。”

你松口气，继续看他挑灯夜读，眼皮却连连打架。视线里灯芯迷离跳跃着，男子起身时衣袍发出轻轻的响声：“我抱你回房去睡？”

你迷迷糊糊：“不……不行，你接着读书，不读我们可就是……悲剧了。”

“悲剧……”

陆游愣了愣，轻轻重复着。

第二日

你从案上抬头，见窗外已天色大亮，身旁有人轻笑一声：“小懒猫睡醒了？”

晨光洒在陆游清俊的侧脸上，他勾唇带笑，手捧书卷，竟是守了你一夜的样子。你又感动又尴尬，忙催他去睡觉：“睡醒了别忘读书啊！”

“遵命，娘子。”

陆游的眉目间，好似多了一丝与往日不同的思索之色。

这几日，陆游一直在乖乖读书。

你百无聊赖去院中玩，却听见有“喵喵”的叫声，墙根下居然有只受伤的小猫。你捧起小猫，跑回去找陆游：“你看它怎么了！”

陆游放下书，轻轻安抚着小猫：“它大抵是被顽皮的孩童打中了，无妨，去拿些药来。”

在你们的悉心照料下，小猫的伤一日日好转起来。陆游十分喜欢诸如狸奴之类的小动物，陆母却嫌猫毛呛人，十分不喜，你们便偷偷将它养在卧房。

今日小雨，打湿枫红秋意。

临窗听雨，小猫呼噜噜地睡在你腿上，陆游笑着为你倒茶。

“明年，我便去临安参加锁厅考试。”他宽慰你，“如此一来，娘也不会再说什么。”

你认真答：“我希望你人生中的每一步，都是因为你愿意，不是由我，也不是由娘做主。”

陆游倒茶的动作微顿，茶水洒出些许。

半晌，他轻声作答，语气坚定。

“好。”

又过几日，送陆游出门拜访友人后，你发现小猫不见了。

你焦急地满院喊它，被一声严喝打断：“女儿家整日大喊，成什么体统！”

陆母！

你连忙行了个礼，陆母紧锁的眉头这才舒展开：“找那畜生？我刚让人丢了。”

你惊讶抬头：“为什么？”

“为什么？”见你态度鲁莽，陆母又有愠色，“整日掉毛，还半夜鬼叫，怕不是要把我老人家的魂儿给勾去！你们自作主张养这邪物，我还没兴师问罪呢！”

听着陆母愤怒的唠叨……

A. 辩解 跳转2

B. 沉默低头 跳转8

5

你看神棍之流不爽已经很久了。

当日，你先陆母一步赶到庙前，装作占卜婚事，和尚振振有词："那唐婉有克夫相……"

"克不克夫我不知道，我看你今日是印堂发黑！"你怒不可遏，当即发动【百战百胜】，把摊位砸个稀巴烂，哼一声拂袖离去。

回来不久事情败露，陆母震怒，你意识到这行为好像太莽撞了。

"婉儿……"

陆游替你说话，被愤怒的陆母打断："唐婉，你给我们陆家丢人，还好意思回来！"

陆母摔砸家里花瓶物什，怒嚷让儿子休妻，陆游将你紧紧护在怀里，你抬头，看清他眼中的挣扎痛苦之色。

一边是母亲，一边是挚爱……

你心中隐隐作痛："好，我离开！"

就像原来那样，在陆母的逼迫下，唐婉离开了陆府。

陆游偷偷带你来到养猫的别院府邸："委屈你在这里一段时日，我回去劝劝我娘……"

你目送陆游慢慢离去。

他一向是温柔出尘之人，这次的背影却多了几分疲惫。

陆母让儿子休妻的念头坚定，几乎不可撼动，一转眼秋天就过去了，元夜将近，陆游找理由过来探望你，带了亲手做的糕饼和你们儿时的玩具。

"儿时你玩过的每一件东西，我都保留着，永远不会丢。"他轻轻握住你的手，指尖传来温度，"每个元夜……我们都在一起度过，今年，我还有陪你的资格吗？"

少年少女，天真烂漫，忙趁东风放纸鸢，恍若隔世。

元夜花灯如昼，游人如织。

陆游牵着你的手，你则捧着米花。

往来有不少人戴面具，你玩心大起，松开他的手，快步朝面具摊奔去，笑盈盈回头："你知道吗？我看过一个唐朝公主的故事，她和男主角相遇就是因为迷路，匆忙错揭男主的面具……”

眼前只有人海。

这下不仅公主迷路，你也迷路了。

你顾不得什么面具，挤过人潮，瞥见前方有一袭清瘦公子的背影，风度温柔，像极了陆游，你忙冲过去扯住他的手：“对不起啊……”

“嗯？”略显诧异的陌生嗓音。

男子回过头来，他的面孔在灯辉下渐渐明亮，朝你徐徐一笑：“唐婉姑娘，你迷路了？”

这是……陆游的文友，赵士程！

你触电似的放开他，连米花都掉了一地，赵士程惊讶地看着你，连忙道歉：“惊扰了姑娘，实在对不起，便将我手里的零食赔给你吧。”

他将手里的纸包塞给你，道别离开。

你终于在人群里看见陆游焦急找你的身影，连忙喊着朝他跑去：“我在这里——”

元夜很快过去。

陆游将你偷偷藏在这儿的事，也很快被陆母知道了，趁陆游不在，她率女眷们打着伞冒雨上门大闹，嚷着要将你送回娘家。

几个女眷抓住你的胳膊，七嘴八舌地劝。

“唐婉，我早说过，你就是克夫命……”

油纸伞摔落在地，大雨瓢泼，淋透了你的衣发，痛彻心扉。

A. 发动【百战百胜】推开女眷 跳转3

B. 低头沉默 跳转9

6

思来想去，或许陆母是因为唐婉生不出孩子？毕竟古人最看重的就是延续香火。

“陪我去找郎中。”

陆游神情惊讶，紧张地望着你：“哪里不适？”

“没有没有。”你摇摇头，“那个……去问问有没有催产药？”

“催产？婉儿指的是，让女子早日有身孕的药？”陆游愣了下，忽然认真地握住你的手，“咱们商量过这件事，如果你不愿意，我不着急。”

你不急，陆母急。

你摇摇头，拉着他四处求医，这个举动很快被陆母看在眼里，不料陆母不仅没有高兴，还以“唐婉”果然生不出孩子为由，勃然大怒，加快了催陆游休妻的速度。

爱情悲剧进展更快了。

最终，两人分离，唐婉还是因心病而亡。

达成结局

·任务失败·

错误决定

7

你们先陆母一步赶到了算卦庙，把积蓄全给了和尚，让他不要胡说八道，尽力把你们夸成天合之作，往死里夸就对了。

和尚点头如捣蒜。

几日后，陆母算卦回来，你们心中忐忑，紧张相迎，只见老人眉开眼笑，牵起你们的手：“婉儿，老朽算了一卦，说你是有旺夫之相啊！好，好……”

你趁机嘴甜几句，终于打消了陆母与你的隔阂。

从此陆游与唐婉终于可以好好地过下去了。

你依依不舍地离开唐婉的身体，跳跃到几年后一看，沈园上的提诗已不再有，陆家正其乐融融。

系统提示：程序出错，请上传错误报告。

当你准备离开的时候意外突生，有一股外来力量干扰了你，陆游和唐婉的结局依然像历史记载的那样出现了，你无奈只能退出系统。

任务失败。

8

你低头沉默，任着陆母骂了一通，眼泪打转。

陆母骂了大半天，这才离去。

你抚着心口回房，连陆游何时回来的都不知道，见你神情难过，他沉默半晌，安慰你："我来想办法，睡吧。"

第二日，他忽然邀你出门，神神秘秘地带你七拐八绕，又一把遮住了你的双眼，笑吟吟压低声音："跟我来。"

这是卖什么关子？

待陆游松手，小猫亲热地跳下床朝你跑来，"喵呜——"

"怎么回事？"你欣喜抱起它，望向陆游，"你找回来了？"

"是啊，这小家伙乱跑，让我娘子这么难过。"陆游笑吟吟答，"以后啊，这里就是它的新家，咱们随时可以来看它。"

"好啊！"你抱着猫转圈圈，"娘把持这么严，你是怎么找的？"

"放心，娘这几日忙着去庙里算卦，顾不上我们的。"

等等……

那不正是胡说八道唐婉会克死陆母的神棍吗！

A. 发动【百战百胜】，砸了算卦摊子 跳转5

B. 用钱贿赂和尚 跳转7

9

心碎值 70%

你低头沉默着，被女眷们强行拉上马车，送回娘家，陆游迟一步赶来，苦苦追车，渐渐被甩在大雨里。

唐婉的心灵受到重创，一连数月都浑浑噩噩。

心碎值在不断上升，等到了 100%……大概就是撒手人间之时。

你再次听到陆游的消息，是听说他已被迫娶了王氏。

心碎值 80%

陆家如此绝情，唐家愤怒不已，将女儿许配给同为文人的赵士程——大婚当夜，喜字刺目，你静静坐在床边，红盖头被眼前人小心翼翼地掀开，是元夜遇见的那清瘦公子。

从他的黑眸里，你看见唐婉面如死灰。

你们彼此沉默着。

半晌，赵士程轻轻开口："唐婉姑娘，我听说今夜有人放烟火，要去看吗？"

满城烟火。

你们并肩站着，谁也没有先开口，赵士程几次小心抬起指尖，想要牵起你的手，又悄悄垂下。

他静静地陪着你。

赏烟火回来后，这副身体便病倒了，你整日躺在床上昏睡，偶有醒来，都能看见赵士程守候的身影。

"唐婉姑娘，我试着下厨做了这个……要尝尝吗？"

某日，他端着一盘糕点过来，袖角还微微沾着可疑的焦黑。

糕点模样笨拙，还有点奇怪。

A. 吃 跳转10

B. 不吃 跳转13

10

不好吃，苦苦的，却很温暖。

心碎值 75%

赵士程也吃了一块，皱了皱眉，看来被自己苦到了。

“我没下过厨，做得不好。”他挪开目光，笑了笑，轻声道，“你若喜欢，我勤加练习。”

你又拿起一块，轻轻开口：“不……很甜，谢谢你。”

春日，赵士程带你踏青放纸鸢；夏日，友人赠赵士程几颗荔枝，他赶紧捧着回来给你品尝；秋日，他陪你漫步山林，比谁拾的枫叶更好看；冬日，他陪你逛遍元夜，边挑面具，边听你讲大唐公主的故事。

记忆里，除了那两个放纸鸢的孩子，渐渐浮现出另一个寡言少年的侧影，远远看着唐婉，从来不敢上前。

转眼几年离索。

当赵士程说出那句“不妨明日，我们去沈园游玩？”你意识到，命运里的沈园相遇还是来了。

A. 去 跳转11

B. 不去 跳转12

11

去赴那场命运的鸿门宴吧。

赵士程设下二人酒宴，与你在沈园同饮时，你又看见当年那温柔出尘的熟悉身影，黯然神伤，路过此地。

“我要我娘子陪。”

“今年，我还有陪你的资格吗？”

……

死灰的心又燃起烈火。

“婉儿，故人久别，若你想去，便去与他喝一杯吧。”赵士程轻声道，“我在这里等你。”

你起身向陆游走去，敬了他一杯酒。

陆游久久地望着你，欲言又止，你朝他点点头，转身回去。

谁曾是谁的天合之作？谁曾对谁海誓山盟？

谁又是谁的陌路人？

赵士程担忧你的身体，很快带你离开沈园。

临别之际，你回头再瞥一眼故人，见陆游正在墙壁题诗——

红酥手，黄縢酒，满城春色宫墙柳。东风恶，欢情薄，一怀愁绪，几年离索。错，错，错！

春如旧，人空瘦，泪痕红浥鲛绡透。桃花落，闲池阁，山盟虽在，锦书难托。莫，莫，莫！

心碎值 100%

你生了一场大病。

赵士程极力照顾，却仍未能挽留住你日渐衰弱的身体，你的眼前终于渐渐模糊，暗了下去。

病榻旁传来赵士程低泣声。

“为什么在你身旁的人，只能是他！为什么……不能是我呢……”

达成结局

·任务失败·

锦书难托

12

“今日没兴致，不想去沈园。”你摇头，“去别处吧。”

赵士程带你避开沈园，来到江边散心，你全然没意识到自己着凉，眼前忽一暗，倒了下去。

“婉儿！”

赵士程大惊失色，一把将你抱起，在百姓们诧异的目光下匆匆回府，他吩咐下人煮了药，娴熟地一勺勺喂给你。

汤药很苦，现在却有一丝微甜，他知道你素来怕苦，每次都会加糖。

这些年来已成习惯。

你被赵士程轻轻拥入怀中，听他低低重复：“没事了，一切都过去了，我在……我永远不会伤害你的。”

心碎值缓缓下降了……你心头微震。

原来是他守你彻夜。

原来是他寸步不离。

都是他。

蓦然回首，那人却在灯火阑珊处。

泪水汹涌泛出，好似要把数年来的委屈都哭尽。

这些年来，你第一次紧紧地回抱住他，察觉他身体微颤，心脏炽热而忐忑地怦怦跳动，你破涕而笑：“你啊……你一直在等我，是吗？”

“我也是你的青梅竹马，如果你愿意……”他低声答，“我还可以是你的天合之作。”

“好。”你认真回答。

赵士程惊讶地望过来，黑眸中亮起从不曾有过的光彩，如被惊醒一般，他又将你抱紧：“我等了你好久……你终于回头看我了。”

“以后，锦书我为你写，誓言由我来守，余生我想唤你娘子，你愿意吗？”

结局【蓦然回首】

赵士程番外

故事之外，那些谁也不曾知晓的事情。

他也算是她的青梅竹马，却不是她的两小无猜。

明知她已为人妻，可他还是忍不住小小的私心，元夜重逢，他像从前那样唤她“唐婉姑娘”。

就如同当年……她还没有嫁给陆公子一样。

可当她终于成为别人的妻子，他还是下意识小心唤她“唐婉姑娘”。

她不属于他。

他在心底明白，自始至终，都是他一个人情深款款的独角戏。

他却还忍不住去等，哪怕她心里只有陆公子，哪怕沈园壁上那句“山盟仍在”刺痛了他的眼。

用双手捂热冰雪，究竟要多久？

他只能默默守护——

好在，她终于回头。

好在，有生之年，她终于朝自己迈步而来，那一刹光阴倒转，山花烂漫里朝他们跑来的少女，那笑容，明晃晃地震撼着他的心。

好在，短暂的余生里，还来得及听她说一句“爱你”。

13

你摇摇头，没有吃。

心碎值 100%。

你眼前暗淡下去。

达成结局

·任务失败·

哀莫大于心死

解锁角色

元稹

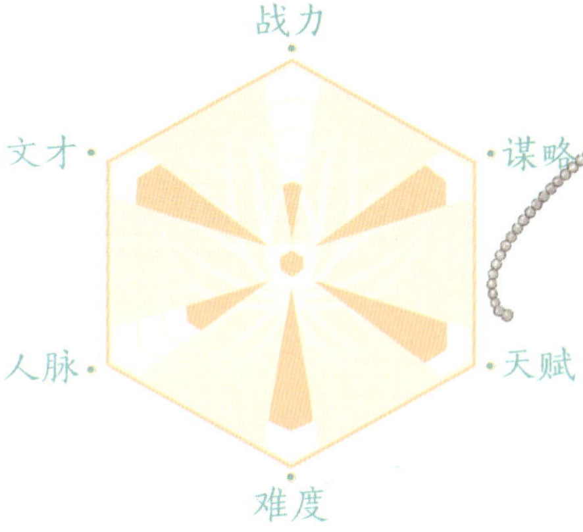

开始游戏 ▸

任务二

大唐小康计划

任务等级 D

人物线索：大唐信差生活现状

文 / 顾闪闪

当我把信递给元稹的时候，这位大诗人当着我的面哭了。

本人走南闯北也算见过不少大世面，但这一刻还是被吓得后退了半步。反观元家夫人和女儿，却都是一副见怪不怪的样子，抱着手在旁冷笑道："想必又是那位江州司马的信吧！"①

正解。

老实说，我理解元夫人的心情，换位思考，我也不愿意买菜的时候，满耳朵都是："听说了吗？你老公和白居易……"

可这两个人实在是太腻歪了，说起这事，没人比我更有发言权。

忘记介绍了，我是一个信差，一个普普通通的大唐信差。

本来，作为一介小小的公务员，我的工作就是跋山涉水给官员们送送家书，每日骑马慢行，看看风景，赚得不多，但也乐得清闲，直到元稹和白居易这对笔友闯进了我的生活。

这俩人仗着自己才思敏捷，信写得又长又频繁，偏偏每次的打赏还都非常可观，这让我的上司十分感动，决定给他们开辟一条"元白"送信专线，这条专线的负责人就是我。

众所周知，唐诗是十分具有韵律感的，诗人们情之所至，常常会将眼前的诗篇吟诵出来。

有的人比较内敛，喜欢关起门低吟；有的人就比较爱秀，喜欢当着外人的

① "远信入门先有泪，妻惊女哭问何如。寻常不省曾如此，应是江州司马书！"——元稹《得乐天书》。

面大声朗读，比如“元白”。

起初，他们还比较有分寸，顶多写写“愿为云和雨，会合天之垂”。像我这种路人，基本听听就过了，但有一小撮粉丝已敏锐地嗅到了糖的气息，自发嗨了起来，只是素材不多，基本靠脑补。

“元白”一看这怎么行？居然还有人不知道我俩感情铁？一定是我们产的粮还不够多，于是他们开始疯狂地给对方寄信，包括并不限于《赠元稹》《酬乐天书怀见寄》《重赠乐天》《酬乐天频梦微之》……算下来也就九百多首吧。

华夏历史悠久，古往今来，什么款式的 cp 没有，但这么能舞的正主我还是第一回见。本来我对这份弹性工作还挺满意的，谁曾想这两位一发力，一月作诗三十首，直接让我的上班时间变成“007”。

但这不是最伤人的，关键是他俩的一些诗歌酬答，常常让我觉得这千里迢迢跑一趟不值得——

“曾将秋竹竿，比君孤且直。”

没别的，就是我今天看到根竹竿，突然想你了。

“晓来梦见君，应是君相忆。梦中握君手，问君意何如。”

既然都发展到这一步了，有什么事拜托您二位在梦里解决了不行吗？

“春草绿茸云色白，想君骑马好仪容。”

你们听听，摸着良心说，这些诗除了秀还有别的意义吗？

以上还不包括让人崩溃的循环往复套娃诗《以州宅夸于乐天》《答微之夸越州州宅》《重夸州宅旦暮景色兼酬前篇末句》《微之重夸州居，其落句有西州罗刹之谑，因嘲兹石聊以寄怀》……

你们慢慢夸，我先走了。

不得不承认，这其中有不少诗，写得还是很感人的，字里行间，都是满满的深厚情谊：譬如白居易的“烛下樽前一分手，舟中岸上两回头”和“同心一人去，坐觉长安空”。

元稹的“垂死病中惊坐起，暗风吹雨入寒窗”和“我今因病魂颠倒，唯梦闲人不梦君”，写的也很深情。

可以这么说，“元白”一出手，不给同人留活口。

有时候他们不光寄信，还会托我帮他们互相捎点生活用品。白居易丧母期间，生活拮据，元稹多次送去衣物和粮食，光是钱就送了足足二十万[①]。元稹被贬四川，天气炎热，白居易就给他寄去轻薄的夏装，还叮嘱他记得穿：“莫嫌轻薄但知著，犹恐通州热杀君。”

通州多瘴气，少医药，元稹身染疾病，白居易听说了，马上加急送去良药：“未必能治江上瘴，且图遥慰病中情。”

元稹收到后很感动，在回信中将此药夸得包治百病、十全大补，最后含羞带怯地总结道：“唯有思君治不得。”

懂了，别说了。

从江陵到通州，从长安到江州，岁月如梭，我早数不清为“元白”送了多少封信，只看着写信的青丝少年已成了白头老叟，但他们吟诵回信之时的欣然神色，却始终没有变过。奔波之际我也常常会想，他们心里到底有多少话要对对方说，这信怎么就写不完呢?

这时候，我便希望这两位流离旅人之间的书信，永远不要断绝。

大和五年，元稹病死于鄂州，时年五十三岁。

八月凉风吹白幕，白居易哭号于寝门廊下，挥笔写下《祭元微之文》。

“三界之间，谁不生死，四海之内，谁无交朋？然以我尔之身，为终天之别，既往者已矣，未死者如何？呜呼微之！六十衰翁，灰心血泪，引酒再奠，抚棺一呼。”

自此，白居易的书信再无回音。

又是一年清明，桐花满地，年近七十的白居易再一次梦到了元稹。

梦中的微之二十三岁，正当年少，而他也不过而立之年，他们折花载酒，携手同游，

① “三寄衣食资，数盈二十万。岂是贪衣食，感君心缱绻。”白居易《寄元九》。

彼此间都怀抱着满腔的热情。梦醒之时，晨光冰冷，只余寂静凄凉。

君埋泉下泥销骨，我寄人间雪满头。

即便如此，他还是好想和微之说说话啊。

任务对象：元稹　朝代：中唐

任务背景：755 年以后，随着八年安史之乱，最繁华的盛唐已成云烟，当李杜悠悠回归明月中，新一批文人在这片土地悄然成长，成为中唐坚固的文坛力量。

任务目标：早日脱贫

执行人：特工 89757

文 / 拂罗

开始任务 ▸

他曾听老人讲，长安城不似三十年前繁盛了。

那时晨钟一敲，一百零八坊大门次第而开，三教九流都冒出来。公子哥锦衣上绣的雁、女儿家飞扬的裙……老人感慨，那时还去过李太白题诗的那家酒铺呢。

昌明坊附近，他遇见一个困顿少年，被几个混混围打，却紧攥着给娘买药的铜钱。

——少年很像十五岁的他，辞别生母，孤身赴京城，却因困顿只好考取明科。

他想上前，却被一声怒喝抢了先：“光天化日之下抢劫，岂有此理！”

姑娘剑招三两下，痞子落荒而逃。

不知怎的，那剑锋，也明晃晃迷了他的眼。

他忽然笑起来，这京城，倒也不似老人口中那般日渐萧条，分明鲜活得很嘛。

1

公元 798 年，京城，昌明坊。

你扮成个侠客，刚出手教训了几个地痞，恰好瞧见任务目标主动走来："这位姑娘，你是来实现微之的愿望吗？"

这元稹……好生自来熟。

清风送来那人白衣上淡淡的酒墨味，让你想起毫不相关的词来：蟾宫折桂。

月是清白的月色，桂是人间的桂花，他翩翩向你走来，笑意风流，似月中花影开："正好你来，我有事要讲。"

脱贫这么简单朴实的愿望已经很少见了，你打算赶紧回去休假，没想到元稹下一句话是："想换下心愿，不如……换成寻找挚爱，如何？"

系统提示：目标已切换心愿 寻找挚爱

你震惊看他："为什么？"

元稹笑吟吟地望着你："你猜？"

"我不猜。"你郁闷到吐血，"你见一个爱一个，我为什么要帮你？"

"美人倒是说说，我元稹何时见一个爱一个了？"对方倒也不恼，"若说世上有一见钟情，我倒是信。"

二十岁的元稹，没结识白居易，不认识崔莺莺，也还没多情到那般程度。

你叹口气，怎么办呢？

A. 去当红娘牵线 跳转4

B. 去找白居易？ 跳转6

2

你故作风雅地走到门口，果然被毫不客气地拦下了，费尽口舌也没能进去。

你愤愤地原路返回，往不远处的台阶一坐，苦想办法。

跳转7

3

你发动 百战百胜 ，击退了围困崔家的乱军，与元稹一同收到热情宴邀，崔家夫妇笑着让女儿出来答谢恩人。

崔莺莺羞红了脸，行礼又退下。

元稹正要在你身旁坐下，有丫鬟过来对他耳语。

崔家夫妇笑而不语。

元稹略做思索，起身离席："美人稍等，我有事要解决。"

你等得百无聊赖，肚子饿得咕咕叫，便先执箸吃了起来，却听丫鬟偷笑："喝酒居然不掩一下，真是豪迈，还直接拿肉吃呢……"

你决定无视，心情却莫名烦闷，借口离席散心，步伐却不受控制似的，朝元稹离去时的方向走去。

两人正在墙角说话。

崔莺莺眼中万般不舍，拽住元稹的袖子。

脑子里"嗡"的一声，你知道事态还是朝着那个方向发展了。

果然，历史不会因你而改变，怎么就忘了……他生性风流呢！

你退开几步，五味杂陈，心烦意乱，没听清元稹对崔莺莺说了什么话，却听清系统提示音。

系统提示：任务完成！

他和谁？崔莺莺？

你决定 ______。

A. 离开 跳转14

B. 把手头最后的唱和诗交给白居易再离开吧 跳转15

4

各大媒婆先问一圈，实在不行再去歌楼……你正扳着手指打算盘，忽然被元稹叫停："歌楼？哎呀，我纵是再落魄，也不至于这么凄惨吧？"

"那你想怎样？"你郁闷看他。

元稹笑望着你："美人再想想？"

跳转1

5

你决定起身看看。

庭中花影重重，白衣公子手持剑锋挥舞，犹如抖落一身月色，神情专注，虽不娴熟，却让人挪不开目光。

怎么半夜偷偷习武？

你想起白天"打得过我"的戏言，心中微动，默默看了一会儿，悄然回屋。

第二日，元稹染了风寒，喷嚏打个不停，却仍笑着送给你情诗。

你想了想："别爱我，没结果。"

元稹："我享受过程。"

你继续说土味绝情话："死心吧，我的鱼塘里没有你这条花里胡哨的鱼。"

不料对方段位更高："美人努力一下，我再努力一下，总会有的。"

跳转10

6

你一拍脑袋："挚爱指真诚的感情，你可没说过是爱情还是友情，是男还是女！"

"哦？"

"日后你会遇见一个叫白居易的人，和他当一辈子好友。"你笃定道，"如果你想，我提前带你认识他，如何？"

"白居易……你指的可是白乐天？"元稹眼中一亮，"当年写《古原草送别》那位？"

"正是！"你欣慰问，"白居易在哪？"

"可惜不在京城，听说三年前他父亲去世，在符离守孝……"元稹思索道，"如今应是守孝期刚满。"

"好办！"你抓住元稹的胳膊，"我这就带你去符离，准备好啊。"

你发动 日行千里 ，元稹半句"准备什……"还未说完，整个人已被你带至半空，他还没来得及惊叹长安城之壮美，又立刻眼前一花。再落地时，你们已到了符离。

在元稹啧啧称奇的时候，你算盘打得飞快：带他拜会白居易，两人必能一见如故！

你们细细打听，得知文坛有不少人宴邀白乐天，要在园中办雅集。

"进去看看……"你刚开口，腹中咕噜噜地叫嚣起来。

以为这次任务太简单，没吃饭就来了。

你闹了个脸红，闭了嘴，心虚地瞥向元稹，却见他神色如常："嗯？美人忽然哑巴了？"

还好，好像没听到。

你松口气，又听元稹笑道："方才想起在下有事要办，美人先去吧，我去去就回。"

"好。"

目送他离去，你赶到雅集入口，却远远瞧见有个书生被拦下，死活不让进，理由是他名气平平，不够资格。

怎么办呢？

A. 等元稹一起想办法 跳转7

B. 独自去雅集看看 跳转2

7

“哎，乐天什么时候到？”

“听说他是被硬邀来的，大抵磨磨蹭蹭不愿来吧……”

你坐在阶前，听着门口文人谈话。

不知过了多久，你听见笑吟吟一声“美人”，元稹捧着油纸包回来：“方才想起，这符离县的烧鸡最出名，我就赶紧买回来让你尝尝。”

“还以为是多要紧的事呢。”你哭笑不得。

“民以食为天，自是一等一重要的事。”元稹陪你坐在阶前。

你分他一半，边吃边想办法。

似乎看穿你的心事，元稹眨眨眼，正要开口说什么，被你兴冲冲打断：“我想到了！”

“哦？”

“乐天还没到场，不如我摸清他的必经之路，”你兴奋道，“你快去写几张诗稿，我在半路装作吟诵，乐天爱才，必问我是谁所写！到时你就出场！”

元稹微笑望着你得意的神情：“好啊。”

不多时。

你捧着手稿，扫了眼躲在暗处的元稹，他正朝你微笑点头。

不知转悠多久，远处有几个粗鄙的汉子走来，你正要避开，忽然被拽住了胳膊。

痞子们说着污言秽语，还要来扯夺你的诗稿，你连忙向后退，却将元稹的文稿牢牢护在怀里，不慎又被拉扯了几下。正要发动【百战百胜】，却见元稹疾步过来，手持长剑出鞘，明晃刺去。

元稹……会武功？！

你惊讶到说不出话，却见下一刻他便被痞子夺了剑，揪着衣襟挨了一拳。

你连忙发动卡牌，将痞子们打得鼻青脸肿，求饶逃窜，又扶住元稹："你没事吧？这么危险，你冲过来做什么……"

"堂堂男儿，总不能看着你独自应战。"元稹定定望着你手里安然无恙的诗稿，又笑，"其实……诗稿可以再写，没关系。"

这可是大诗人元稹的原稿啊。

你摇头："我不会让这么珍贵的东西毁在痞子手里。"

元稹深深看你一眼："谢谢。"

可惜这一番打斗，白居易不可能从这儿路过了。

却见他接过诗稿收起，迈步朝雅集去，悠悠道："走，带你去见乐天。"

元稹笑吟吟上前，自报家门，文人们立刻放行："原来是元微之！"

——原来此时的元稹已在文坛小有名气，年轻一辈，无人不晓。

"你耍我！"

"我正要说，就被打断了。"元稹神情无辜，"而且……你出主意时开心的样子，我实在是舍不得打断啊。"

明明就想戏弄你，真是强词夺理。

你跟着他步入雅集，远远瞧见一个鬓发泛白的年轻文人，必是比元稹大八岁的白居易了。元稹大大方方上前高谈阔论，这两人果然如命运般一见如故。

你倍感欣慰，接下来给他们俩独处的时间就行了。

元白同游符离，饮酒作诗，好不快乐。白居易对元稹诉说了前往洛阳的打算，准备等安定下来再考取功名，二人遂依依惜别。

元稹悠哉悠哉地回来找你，你不禁傻了眼：任务没完成！

你十分挫败，钻空子果然不行？可你总不能放任他处处留情，等他遇到崔莺莺，已经是一年后他在蒲州出仕的事了……

元稹同情地拍拍你的肩膀："不然，咱们俩试试？"

你瞪他一眼。

可能元白的友谊还没那么深厚，往来唱和，倒是个增进友情的好方法。

你决定使用 日行千里 ，往来送信。

元稹欣然同意。

给元白助攻的日子开始了，白居易起初惊叹于你的能力，后来倒也见怪不怪，等你来时还悠然给你倒茶，闲聊几句。而这些时日，除了作诗唱和，元稹居然认真地将那日的话落实到底。

你睡眼惺忪地晨起，见他早早在庭中等你，郑重递给你一首词："美人，你看这词如何？"

文采斐然的爱情词。

你郑重还给他："酸书生，等你能打赢我再说吧。"

元稹笑吟吟，没生气。

当夜你迟迟不能入眠，后院总有声音吵人……

A. 继续睡 跳转11

B. 去看看 跳转5

8

作弊也没什么意思。

你失望睡去，第二日大早，元稹便催你看盒中蜘蛛。你没好意思告诉他蜘蛛闷死了，讪讪打开木盒，里面蛛网密密，蜘蛛好好儿地结着网！

这是怎么回事！

“我……我半夜明明看到它闷死了。”

“怎么会，这不是好好儿地在爬着？”元稹慢悠悠地笑，“美人眼拙了。”

跳转9

9

等你回过神，才发现自己已逗留一年之久。

过了元旦，闲居的元稹收到前往蒲州当小官的消息，他便邀你前往蒲州，处理此地事务。

蒲州战乱，远不如京城，他却总能寻到有趣的事物，时而教你投壶，时而带你玩飞花令。某日，他又郑重地递给你一张字条。

你习以为常，却发现这次不是情书：元稹，元微之，受邀即刻去崔家拜访，明日申时前归家，字句可鉴。

“美人不是不信任我？以后我出门，都向美人你汇报得清清楚楚。”他一本正经，“崔家有个小妹，你莫吃醋。”

“我没有。”你瞪他。

你收起条子，目送元稹出门去。

若不出意外，他会和命运里的崔莺莺一见钟情吧？可这人又偏给你这条子，让你宽心……

不知为何有些心烦意乱。

元稹果真在申时前赶回来，原来是因为蒲州兵乱，崔家有人被围困，才请他帮忙。

元稹有些为难，于是找你商量。

你思索道：“你想让我帮忙？”

他认真望着你：“美人，答应与否都在你，我对你始终如一，不会改变。”

A. 帮忙 跳转3

B. 不帮忙 跳转13

10

眼看元白友情逐渐深厚，还约定来年一同贡举，你的任务却不见曙光。

七夕夜，京城灯如昼，元稹陪你逛夜市，神秘兮兮拿起摊上一个小盒子：“美人可知喜蛛应巧？”

里面趴着一只蜘蛛！

你手一抖，盒子险些落地，元稹眼疾手快接住，笑个不停。

原来每逢七月七，姑娘们便捉来蜘蛛放在盒中，等上一夜，明早再打开，谁家的蛛网越密，越意味着乞巧好兆头。

你也买了个小盒回去，忽然想起：“要是它闷死了怎么办啊？”

元稹笑着摇头：“寓意而已，不必在乎。”

夜深。

你忽然又想起小蜘蛛来，于是鬼使神差挑灯下床去看。

蛛网结了一半，拿小棍戳戳，蜘蛛一动不动。

果然……好运没有眷顾你。

A. 再捉一只偷偷放进去 跳转12

B. 罢了，睡吧 跳转8

11

管他呢。

你翻个身继续睡，第二日，元稹忽然染了风寒，连连打喷嚏：“美人，现在可不是靠近我的好时候，万一连你也染……阿嚏！”

你轻咳：“你别想太多，我就是看看你发没发烧。”

跳转10

12

你不甘心。

幸运不眷顾你，你就主动找上门！

你悄悄推门出去，做贼心虚似的路过元稹窗下，提着灯笼找蜘蛛。不料草从深处还有另一盏小灯幽幽地亮着，你好奇地走过去，见元稹伏在草丛边拨弄寻找着。

分明是捉蜘蛛的架势。

你心中一暖："你不冷吗？"

"咦？"他惊讶抬头，笑着解释，"我夜里睡不着，来逛逛……"

"口是心非。"你嗤笑，"你明明发现我的蜘蛛死了，趁我睡着，要把新的偷放进去，对不对？"

"哎呀，瞒不过。"元稹笑着给你看，他手背上伏着一只小蜘蛛，"我在想，别的姑娘都好好儿地乞了巧，凭什么我家的姑娘没有？"

"谁是你家的。"

提灯与他回去时，你想了想，轻声道："你放心……无论有没有蜘蛛，这都是我过的最好的七夕。"

跳转9

13

就算没有你插手，元稹也会请军中认识的朋友帮忙解围。

几日后崔家安顿下来，宴邀元稹，好意推辞不得，你送别元稹，不由自主又拿起字条，静静看着。

这一去又是两天。

元稹在崔家正做什么？他有没有遇见崔莺莺呢？

系统提示：【寻找挚爱】任务完成！

听到冰冷的系统音，你半晌说不出话。完成了？怎么完成的？和崔莺莺吗？

原来，故事不会因你改变。

跳转14

14

系统问你是否回去，你冰冷地“嗯”了声。

早知如此，不该对他有太多期待。

可为何还会如此失望呢？

结局【万事皆休】

15

帮人帮到底，你将最后一封信交给白居易。

见你情绪低落，白居易疑惑问起：“怎么了？”

委屈时最怕有人问，你控制不住，将一切讲给白居易，不料他听罢竟笑起来。

“笑什么？”

白居易笑着摇头：“我笑小儿女……有趣得很，你可知道，微之曾问我什么？”

他将那些信给你看。

原来元稹每次给你的情诗，他都先给乐天过目，问女孩“她是否会心动”，原来他一直很苦恼，如何才能俘获你的心……

你哑口无言，红透了脸。

“快回去吧。”白居易拍拍你的肩。

匆匆赶回崔府，你遇到了正在哭泣的崔莺莺，问起元稹在哪，崔莺莺哭道：“元公子拒绝了我，回席间找你，见你不在，坐下不多时就匆匆走了……”

原来崔莺莺对元稹一见钟情，大胆邀他一见，表露心迹。

元稹答：“我已有心上人。”

正因元稹说出这句话，系统自动判定你完成了任务。

华灯初上，乱军初定，蒲州百姓喜气洋洋上街游玩，你匆匆穿过人群，看清那个皎白的背影——

你喊出声，义无反顾。

他惊讶回头，随后笑吟吟地张开双臂，任你扑入他怀中。你红着脸，再抬头，发现不知何时，他用红丝线悄然将你们的小指缠起。

红线牵指，十指连心。

“缠住了，谁也别想再离开谁。”元稹目光温柔，牵起你的小指，“明年，我约好与乐天兄同去考试，陪我回京，你愿意吗？”

达成结局

·任务完成·

红叶之盟

解锁角色

独孤信

开始游戏

任务三

人生何处会相逢

任务等级 D

人物资料卡：北塞俊郎，侧帽风流

文 / 拂罗

公元 540 年，一则头条新闻风靡秦州，占据各大版面：

《震惊，某美男骑马打猎回城，竟因无心之举刮起跟风热潮》

据报道，秦州刺史独孤郎当天出城打猎，乘兴晚归，因打猎时太尽兴，连帽子在马背上颠歪了一点都不知道，或是人家压根懒得在意，就这么英姿飒爽地骑马回城来。

当地女子纷纷去围观美男，回家后兴冲冲地描述："我亲眼看见，大人他侧戴帽子超级帅，超级超级帅！"

重要的话说三遍。

家里男人：自尊受挫。

第二日，附近所有的男人都开始歪着戴起了帽子①。

乃至千年后还流传下来一个词：侧帽风流。

独孤郎表示习以为常："别说侧帽风流，我这人纵是满身疮痍，也好看。"

问题来了，这位帅哥是谁？

揭开帷幕——

他就是南北朝时期北魏的美男鲜卑将军，独孤信，原名独孤如愿，后被赐名"信"，放眼此生，加在他头上的光环可谓不计其数。

首先，他与宇文泰、李虎等人并称"八柱国"。所谓"八柱国"，是指西魏时受封的八位柱国大将军。和他一批的宇文泰是谁？西魏傀儡皇帝背后的实际掌权者。李虎是谁？唐朝开国皇帝李渊的祖父。

其次，咱们都知道官印是什么，是古代官员佩在身上的印章，代表地位权利，通常官员只有一个印章。

独孤信的印章是啥样？

---

①《周书》：信在秦州，尝因猎日暮，驰马入城，其帽微侧。诘旦，而吏民有戴帽者，咸慕信而侧帽焉。

独孤信的官印是一个不规则的多面体，印面上分别写着“独孤信白书”、“大都督印”、“刺史之音”、“柱国之印”……足足有二十六面。

后来也被称为“独孤信多面体煤精组印”。

什么是尊贵到霸道？这就是尊贵到霸道。

但目前他的名字还是独孤如愿。

独孤如愿祖上是鲜卑贵族，与拓跋氏一同兴起，祖父和父亲都骁勇善战，年幼的独孤如愿也继承了优良的武学天赋，还有颜值。

同样是练习骑射，别的兄弟一箭正中靶心。

“不错，下一个。”

轮到独孤如愿一箭脱手，正中靶心。

“独孤郎你是最棒的！”

独孤如愿对自己的颜值也很自信，记载里他“好自修饰，服章有殊于众”，就是说自少年起，他的服饰颜色就与他人不同，总能打扮成最英俊的模样[①]。

长得帅，会打扮，善骑射，有勇有谋。

简直是行走的迷妹收割机。

独孤如愿渐渐长成飒爽的少年，他和贺拔度一起斩杀了卫可孤[②]，一战成名，后来又几经辗转，出任荆州新野镇将、防城大都督，还作为郡守同时治理二郡，身兼数职，治理得当，深受百姓爱戴。

他不仅在颜值上碾压其他兄弟，其他方面他都远超旁人。

独孤将军野心勃勃想杀入乱世，那我们来看看此时的历史背景。

三国两晋南北朝时期，北魏是北朝的第一个王朝，由鲜卑族拓跋跬掌权，维持了 148 年，而末代皇帝是孝武帝元修。

为啥是末代？

因为孝武帝起兵讨伐权臣高欢失败，于公元 534 年仓皇率宗室西迁到长安，投奔宇文泰，直接造成了东西两魏的分裂。

宇文泰，宇文族后裔，乱世豪杰之一，西魏的大丞相。

①《周书》：信既少年，好自修饰，服章有殊于众，军中号为独孤郎。
②《周书》：信美容仪，善骑射。正光末，与贺拔度等同斩卫可孤。

独孤如愿与宇文泰是同乡，在宇文泰的推荐下，独孤如愿入朝见了孝武帝，且非常受信任。后来得知孝武帝忽然西迁长安，独孤如愿义无反顾，飞跃千里，单骑追上了孝武帝等人。

如果换成女主剧本，在你最无助的时候，神勇的男主忽然从天而降，千里迢迢赶到你身旁："怕什么？臣来了。以后您要去的地方，就是臣剑锋所向。"

这次轮到孝武帝眼泪汪汪了，天降男神……不是，天降奇兵啊！英雄驾着七彩祥云来救我了！奇迹，这是奇迹！

孝武帝："世乱识贞良，岂虚言哉①！"

翻译过来就是，乱世才能看出忠良，岂是假话！

然而，当他们风尘仆仆地赶到宇文泰的驻地时，却发现事情开始变质了，宇文泰瞅着自己的目光，咋瞅咋不对。

好像是……猎人看猎物的眼神啊，而且还是囚笼中的猎物。

有一个高欢就够了，没想到宇文泰更狠毒，同年十二月就把他给毒杀了，另立傀儡皇帝元宝炬，建立了西魏，继续和东魏的高欢掐架。

国家掐架，无非就是抢地盘。

宇文泰首先瞄准了荆州。他翻翻记录，哎呀，独孤郎治理期间，百姓都尊他为男神呢！不如，趁着百姓旧情难忘，就派他去收复荆州！

独孤如愿领兵来到荆州城下，东魏的刺史辛纂出来应战。

荆州百姓："啊，是咱们的独孤郎啊，独孤郎回来了！哥哥看我啊——"

辛纂：心好累。

独孤如愿就这么平定了三荆，不料东魏忽然派高敖曹等人突袭，敌众我寡，眼看就要牺牲在乱军中了，怎么办？

死脑筋的将军可能当即就选择壮烈牺牲了。

独孤如愿不，他果断逃往南梁，虽然后果是被梁武帝软禁了整整三年才回到长安，但总比白白牺牲好多了。

①《周书》：及孝武西迁，事起仓卒，信单骑及之于瀍涧。孝武叹曰："武卫遂能辞父母，捐妻子，远来从我。世乱识贞良，岂虚言哉。"即赐信御马一匹，进爵浮阳郡公，邑一千户。

独孤如愿：“领兵打仗，要有冷静的头脑。”

梁武帝不止一次抛出橄榄枝，统统被拒了，理由皆是“事君无二”，梁武帝十分佩服他，临别之际还给了许多礼物：“下次还来玩儿啊[①]。”

到了公元537年，独孤如愿终于得以回朝，第一件事便是上书请求治罪，毕竟逃亡这件事有损国家尊严，态度诚恳情真意切，西魏文帝和群臣一商量，特殊情况特殊对待，不仅免罪，还有赏。

双方的台阶都给得十分完美。

回到西魏之后的独孤如愿又抚慰三荆，出任陇右十州大都督、秦州刺史，刚到秦州，就将此地积压的公文处理一空，以雷厉风行的作风裁定了陈年旧案，又耐心教化百姓，独孤郎之名远扬。

侧帽风流的典故正是出自这时候。

因为他的业绩，宇文泰给他赐名为“信”。

——这么有威信，你就叫独孤信吧。

公元541年，在岷州刺史等人起兵造反时，独孤信还带兵完美平叛。在公元548年因屡立奇功，受封柱国大将军，六个儿子都封了侯，四十六岁的独孤信可谓到了权势巅峰。

一晃到了公元556年，宇文泰病死了，他留下的位置人人都想抢。坐上宇文泰的位置，不就意味着可以把傀儡皇帝拓跋廓一脚踹下去，自己尊大了吗?

小算盘噼里啪啦，宇文泰的侄子宇文护打得最响，他立刻强迫拓跋廓禅让皇位给宇文觉——宇文泰的三儿子，改朝换代变成了北周，实际上幕后皇帝是自己。

西魏的历史正式结束了。

宇文护上台，宇文泰留下的“八柱国”自然不服气，有个叫赵贵的将领准备，密谋杀死宇文护，最后事情败露被咔嚓掉了。

这事儿也牵连到了独孤信。

愤怒的宇文护从赵贵家搜出了独孤信与其往来的信，好哇，原来你也参与了谋反！宇文护思来想去，又忌惮独孤信的威望太高，决定给他一个体面，修书一封，

①《周书》：以众寡不敌，遂率麾下奔梁。居三载，梁武帝方始许信还北。信父母既在山东，梁武帝问信所往，信答以事君无二。梁武帝深义之，礼送甚厚。

你在家中自尽吧[1]。

独孤信没有过挣扎吗？

史书不会记载这些，更不会记载他有没有一声苦笑，再毅然踏上这条不归路，在泉下等着宇文护。

君要臣死，臣不得不死。

独孤信真的谋反了吗？

匹夫无罪，怀璧其罪。当你本身就是一块美玉，那就是罪。

是非成败转头空，历史很快又翻开了新的一页，在这片英雄辈出的土地上，永远会有新的豪杰读着古老的故事，踏上新的征途。

独孤信离开了，昔日的北塞俊郎，侧帽风流，带着这段旧史一同策马飒沓远去。而一切，都留给后人慢慢评说吧。

①《周书》：赵贵诛后，信以同谋坐免。居无几，晋公护又欲杀之，以其名望素重，不欲显其罪，逼令自尽于家。时年五十五。

朝代：北魏

任务背景：北魏是鲜卑族拓跋珪所建政权，公元537年由孝武帝西迁为开端，从此分裂为东、西二魏。本应是顺利进行的历史，却因为某些原因产生误差。

任务目标：帮助任务对象追上仓皇西迁的孝武帝

执行人：特工89757

文/拂罗

开始任务

系统显示公元534年。

“日行千里！”

咦，怪了。

鲜卑将士们瞪着你低低议论，独孤如愿已不耐烦了：“本官难得信任他人一回，你的法术就是来搞笑的？”

“不是不是。”你直冒冷汗，抓着他的胳膊，再次发动【日行千里】。

好像有一股奇怪的现代科技力量挡着你？

“本官已经看够了你的戏法。”独孤如愿冷冷抽回胳膊，“拖下去。”

——你看见他的颈间挂着一枚玉坠，有明显的工厂车床做出来的痕迹。

可这里怎么会有现代产物？

任务失败。

1

还以为这次任务特别简单呢。

带他发动【日行千里】，追个人岂不是分分钟的事儿？你信心满满来到公元534年，却没想到卡牌在他身上没用。

大概率是那枚坠子搞的鬼。

你匆匆跳转回公元530年，跌落在繁茂的树林里，被鼓点似的马蹄声吓了一跳。你果断要跑，忽然听见独孤如愿那熟悉的高喝："站住！"

几分桀骜，几分威压。

说站住就站住？不可能！你跑出几步，见一头黑熊迎面扑来！

你惊呼后退，一支箭擦着你的发尖掠过。英姿飒爽的出猎队伍急急赶来，领头男子再拉弓如满月，又一箭放出。

黑熊轰然倒地。

你惊魂甫定，发现自己被团团围起，马背上那鲜卑男子剑眉星目，容貌俊美，众人皆披铁甲，唯独他的衣服是一抹飞扬跋扈的红，好似烈焰残阳。

他居高临下盯着你："哪来的傻子，见了熊不知道跑？"

臭男人，非得损你两句吗？

"多谢大人相救。"你故作真挚道谢，却发现周围将士没有放过你的意思。

——这家伙可不好惹，你第一次穿越时就充分领教过：霸道、毒舌、危险。

副官道："熊都不怕，不会是深山的妖怪吧？"

你正要解释，忽然瞥见独孤如愿颈间戴着的玉坠。

若谎称是妖怪，使用卡牌岂不是更方便？你一挑眉："你猜我是不是？"

"有点意思。"独孤如愿朗笑，"本官可以不杀你，前提是，你要能为本官所用。"

那岂不是有接近他夺玉坠的机会了？

A. 用【百战百胜】击败他的将士 跳转4

B. 用【移形换影】证明你会变化 跳转6

2

“好。”独孤如愿拊掌，“欢迎。”

你被他留在这军营，被迫开始从军生涯，接近玉坠而不得，日复一日刻苦训练后，你怒摔兵器。

何日是个头！重来！

跳转4

3

硝烟与烈火中，你缓缓牵起他的手：“好。”

这一握，就再也没有放开。

独孤如愿朗朗长笑，将你拦腰抱在怀中，在众目睽睽中迈步向前：“都是尸体，太污秽，我来走就好，别脏了你的衣裳。”

你脸红心跳，被他低低一声笑音抚平心绪。

“乖，咱们回家。”

达成结局

·任务完成·

但如卿愿

4

你自信地伸手：“借个趁手的武器。”

独孤如愿命令副官：“给她一把刀，看她能玩什么花招。”

“若我打败了大人手下的兵，总能证明了吧？”你吃力地接过刀，发动 百战百胜 ，立刻英姿飒爽起来，“一起上！”

你迅速穿梭劈砍，刀背连连震落敌人的武器，脚下晕了一大片士兵。

独孤如愿睥睨左右，愠骂：“废物，平时怎么训练的？”

士兵们缩了缩脖子。

“不错，你是本官的人了。”他语气不痛快，“上马，走。”

见你还站在原地，他皱着眉：“变木头了？”

“不是，”你咳了声，“我不太会骑马……”

“不会便不会，还狡辩什么‘不太会’？”他反被你气笑，忽然伸手。你惊呼一声，发现自己被拽到马背上。

独孤如愿的双臂绕过你身侧，一振缰绳，懒洋洋扬声：“走。”

“你……”你的后脑勺靠着男人坚实的胸膛，头顶感受到他有力的呼吸，惊得语无伦次，“你不知道男女有别吗！”

“谁让你这深山小妖如此废物，连骑马都不会？”他淡淡道，“再嚷，下去自己跑。”

你嘟囔：“我能打赢你的兵，我不是废物。”

“他们是大废物，你？”独孤如愿嘲笑道，“是小废物。”

将军出猎带回个小妖的事儿，很快传遍了荆州各大军营。

传闻她外表柔弱，凶残至极，掀翻几十个好手……

传闻她久居深山，骑马也不会，却能将人生吞活剥……

练兵场被看热闹的将士堵了个水泄不通，生猛至极的妖物——你，正心情复杂地拿着武器，掀翻不知多少个来挑战的部将。

始作俑者却在一旁阴凉处，惬意旁观。

这人才是凶残的大妖怪吧！

居然特意将你带到练兵场，让你单挑他的下属，还说你是个上战场的可塑之才！

心情复杂。

难不成真要答应他上战场？还是另找办法接近那玉坠？

A. 同意上战场 跳转2

B. 挑衅他来战 跳转6

5

你当即用了 移形换影 ，变作个狐狸，在他面前蹦跶。

众人啧啧称奇。

再看独孤如愿，眼中难掩失望之色。

“我不需要只会哄人的毛球，”他命令副官，“汉人书里怎么讲来着？妖狐化形，必定害人，无趣，除了吧。”

这人到底讲不讲道理啊！

达成结局

·任务失败·

小说误狐

6

“我看你是不敢跟我打！”你忍无可忍，剑指独孤如愿。

四周响起抽气声。

独孤如愿慢条斯理地剥葡萄。

“有种你下场来跟我打啊！”

四周开始求饶，独孤如愿慢慢将剥好的葡萄放入口中。

侍从厉喝：“大胆！”正要捉你，被他淡漠一声拦下。

“退下。”

他起身朝你步来，威压十足。

你们在沙场大战，不分胜负，你无数次气喘吁吁地要伸手拽坠子，又无数次被他避开。最后一次，你气力不支，夺坠之时脚下被绊倒，直直朝他栽去，“啊——”

对方垂目望着你，眨眨眼，勾唇一笑，本是绝佳的反攻机会，竟被他轻易放弃。

你们双双栽倒在沙地上，引来周围惊呼，你正要拽坠子，却被他握住指尖，怎么也抽不开。

“你，你放开我……”

你看清他双眸里的笑意：“是你一直对我动手动脚，怎还反咬一口？”

“方才你又对我使用了什么法术？”他低笑凑近你的耳畔，“还是妖怪都像你一样……擅长一脸无辜地迷惑人？”

“我没有！”你愤愤推他。

独孤如愿从容站起，拎小鸡似的将你也拽起。

“有意思。”他掸去衣上沙土，大步走远，“我这儿善战的将士有许多，有趣的小妖倒是罕见，你过关了。”

你忙追上去：“喂，你等等我，我有事跟你讲——”

到他府上第一件事就是：换衣服。

“想跟本官谈事？去，换一身赏心悦目的衣裳。”

你幽怨地瞪他，跟侍女挑了件好看的衣裳，这才转回见他，将四年后他的请求与玉坠的事统统说清楚。独孤如愿静静听着，思索道：“西迁……你说的事，倒有几分依据。”

他摘下玉坠，懒散地抛过来：“出猎时遇见个汉人隐士赠予我的，你想要？给你了。”

难得他这么配合。

“有人捣鬼，但我不清楚是谁。”你一边打量着玉坠，问，“隐士在哪？你能带我找他吗？”

果然是现代物品，你抓着袖子用力擦擦，企图找到更多细节。

“你这女人，还真是得寸进尺。”独孤如愿盯着你，眉目间添了几分凌厉，

“新野近来起了乱子，眼下有公务，没空陪你玩。”

你讪讪离开。

不帮就不帮，干吗这么凶。

侍女低低议论：“那衣裳可是拓跋大人的赏赐，将军平时当宝贝呢……”

独孤如愿忙得见不到人影儿，你每日闲逛，打探口风。

“独孤大人？他可是老朽的恩人……”某老者颤巍巍地说。

“独孤郎？他、他是不是很好看！”某少女眼冒星星。

“大人平日凶了点儿，赏赐待遇一点儿没少，妹子，你跟着他准没错！”某将士拍胸膛担保。

某日，独孤如愿笑问：“打听完了？”

你装糊涂：“什么？”

“你穿着本官赏赐的衣裳，四处打听本官为人，还以为天衣无缝？”独孤如愿饶有兴致，“如何？百姓口中本官是不是更英俊非凡了？”

你嘴上倔强：“哪有自己夸自己的。”

“来，夸一声，带你找隐士。”他懒洋洋道。

“独孤将军自是英俊动人！”

“动人？”他斜斜瞥你一眼，“也罢……上马。”

队伍入林，你在马背上寻人心切，催他快些，独孤如愿一声笑：“驾！”

侍从气喘吁吁：“您慢些……”

不知疾行多久，后方竟听不见侍从们的声音了。山居坐落在前，你下马细问，出来的却是隐士的妻儿，说他早在数月前就死了。

“有段时间他确实像换了个人……遇见将军之后，便恢复了。”

你心情复杂，独孤如愿倚在树下等你：“如何？”

“头绪又断了，不好办。”

隐士是被穿越者附身的——早听前辈们说局里有叛徒，会不会是他们暗中捣鬼？

“眼下还有件事不好办。”独孤如愿悠然自得，抚抚马头：“咱们迷路了。”

你不可思议地盯着他。

“看我做甚？是你要我再快些的。”

罢了罢了，不跟他生气。

你决定 ______。

A. 用〔移形换影〕变成鸟探路 跳转9

B. 四处走碰碰运气 跳转8

7

你倒转时空，用〔日行千里〕赶到下溠戍，又用〔移形换影〕化作乱军上空一只白鸟，焦急寻找着独孤如愿的身影。

子弹射来，你朝下方望去，果然找到了被穿越者上身的侍从。

你迅速落地发动〔百战百胜〕，与他过了几招，对方却比你强悍许多。

他举枪冷笑朝你过来：“历史，可由不得输家修正。”

——他的手枪忽然被人一击挑飞。

天光之下，那人飒爽的身影纵马而来，勒缰将你护在身后，横枪对准侍从的喉咙，扬声笑道：“别忘了，我还没死！”

“有我在，本该由我得胜的历史……”独孤如愿一字一顿，万军之中，铿锵有力，“就绝不会输！”

你心中焦急。

他朝你回眸一瞥，嗓音低柔：“我不会死，我答应你。”

一战终了。

侍从重伤倒地，你连忙用怀表对准他的瞳孔扫描。

系统提示：得知叛徒编号，已停止该特工一切权限，处理中——

你松了口气，坐倒在地。

欢声震天，你睁大了眼望去，原来是鲜卑士兵赢了。

战争输赢并不使你感到高兴，你唯一感到欣慰的是，你在乎的人还活着。

“你还要去四年后，实现本官的愿望吗？”

独孤如愿走来，在破晓的光里驻足，在烈火与硝烟里，他朝你伸出手：“我想了想，要你留在我身边，这样的愿望也不错。”

“千里单骑追一个人，总有办法，倘若错过了你，可就追不回来了。”

你缓缓抬头。

A. 不接受 跳转11

B. 接受 跳转3

8

直到天黑也没找到路。

独孤如愿在溪水边勒缰，淡淡吩咐：“夜深危险，在这儿过夜。”

“你这人有没有危机感啊！”

“我哪里说过我不急？”他悠悠笑道，“不过看你急得好笑，我的不爽倒是化解许多。”

“你的快乐非要建立在他人郁闷之上吗？”

“这样能让本官快乐，为什么不？”

你趁他生火之际去捉鱼，扑腾半天，鱼滑溜溜地挣脱走，你一声惊呼，见箭矢自岸边掠来，稳稳射中鱼腹。

独孤如愿正漫不经心放下弓：“笨死了，你要傻站到什么时候？”

你忽起坏心，脚下一踢，水花飞溅到他身上。他闪躲不及，袖袍立刻湿了几滴，脸色沉下去。

玩大了。

“对不起啊……”

你挪过去，却见他突然撩水“哗啦”淋了你满头，大笑：“被报复的滋味如何啊？”

幼稚！

你们在溪水里扑腾，双双湿了个透彻，由你打了个大喷嚏告终。哆哆嗦嗦烤火吃鱼时，抬头看对方狼狈的模样，不禁又笑。

“接下来有何打算？”他问。

“叛徒还会行动，我再留一阵，看看情况。”

他那习惯皱起的眉宇悄然舒展。

第二日清晨，独孤如愿懒洋洋唤你来梳头，你不娴熟地用手指理顺他的长发，束了上去。

好像……有点歪？

你们找到山路，骑马入城，百姓听闻他失踪一夜，纷纷过来相迎，将道堵得水泄不通。你盯着他歪斜的发冠，涨红了脸：“那个，你……你重新弄一下。”

“怎么？”独孤如愿一扬眉，“你动手给我梳的，我都不嫌丑，你不好意思什么？我这人纵是满身疮痍，也好看。”

侧帽风流。

再看四下，果真有许多男子效仿着他的模样，也歪斜了冠帽。

可千万人加起来，也不及一个侧帽风流的独孤如愿好看。

这次回来，你们都染了场风寒。

离历史上拓跋胜进攻南梁的日子越来越近了，独孤如愿必要出征。你知道他必会成功，可这人的淡定……还是出乎意料。

他借着风寒给自己放了假。

有时与你聊聊少年事，有时则各做各的，见你对书有兴趣，他有时也会捧书过来。恰逢细雨绵绵，他刚为你读起书中字句，自己却先眼皮打架。

“倦了，换人。”

他打个哈欠，懒洋洋地躺倒，将头枕在你的腿上，听书听雨，他一向飞扬跋扈的面庞颇有几分宁静，有种少年似的清秀。

你不自觉抚过他的眉，听他睡意浓浓中懒懒开口：“乖乖在家等本官凯旋……不许擅自走。”

独孤如愿带兵与拓跋胜会合，攻往南梁。

——历史上注定的胜仗，你没想到盼回来的竟是噩耗，拓跋胜凯旋，独孤将军却没能回来。

你问遍了每个活下来的将士。

“将军……在战场遭人暗算，李侍从忽然变了个人……”

莫非是那神秘人，见阻拦你任务不成，干脆……杀了你的目标？

没时间惊讶。

既然对方已露出了行踪，你要做的便是重返这段历史，尽快赶到千里外的战场，揪出叛徒，扭转这一切！

A. 日行千里 + 百战百胜 跳转10

B. 日行千里 + 移形换影 跳转7

9

飞了一会儿，果然瞧见了侍从他们的身影。你松了口气，正要凑近确认一下，侍从忽然抬头望过来。

他眼神一变，拉弓朝你一箭射来！

你栽落下去，隐隐听清冷笑。

“新人，你就这点本事？”

达成结局

·任务失败·

暗箭难防

10

你迅速倒转时空，使用【日行千里】来到下滏戍战场，发动【百战百胜】，杀入敌阵，寻找独孤心愿的踪影。刚刚在千军之中眺望见他纵马厮杀的侧影，忽然一痛。

子弹穿胸而过。

达成结局

·任务失败·

枪响过后

11

你知道他的心意。

可你铭记自己的使命。

你已忘了当日是如何拒绝了独孤如愿，又是如何来到四年后，你带着他发动【日行千里】，顺利来到了孝武帝身旁。

然后各自辞别。

久别四年，彼时的他并未多说话，只对你深深一笑，继续踏上了属于他的历史，归入浩浩长河。

你知道，这是他的故事，不会有你。

任务完成。

跳转至下一个世界……

返回上级

肆

叁

贰

壹

人间百味

进入关卡

Chapter

贰

Two

解锁角色

张岱

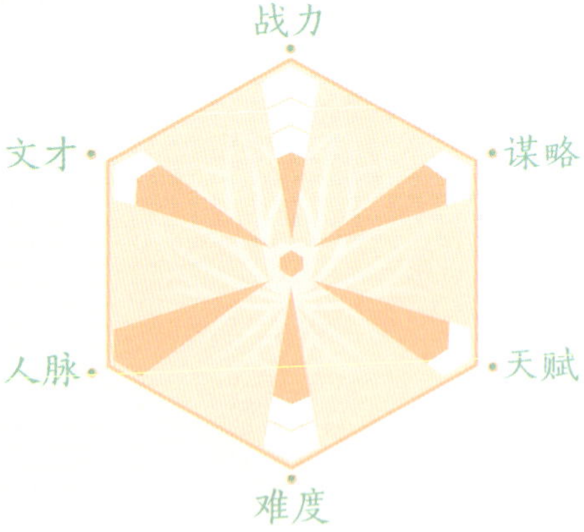

开始游戏

任务一

湖心亭看雪

任务等级 C

【白名单】难度较低，属于无生命危险和不良反应的任务，但仍需要较高的智商。

人物资料：舌尖上的山阴

文 / 摸鱼健儿

吃货眼中的世界就是一幅美食地图。像张岱这样走过大明大半河山的人，当然也画过这样一张地图。

在他的地图上，京师的名字叫频婆果，登州府的名字叫秋白梨，金华府的名字叫火腿，赣州府的名字叫佛手柑。最特别的地方是山阴，它叫兰雪茶，叫牛乳酪，叫禊泉水，也叫河蟹。

之所以如此偏心山阴，是因为他自幼受此地山水滋养，对其中方物印象尤为深刻。

兰雪茶

日铸岭，春秋时期欧冶子铸剑之地，岭中雪芽茶因受剑气影响，有金石之气，故名“日铸雪芽”。两宋时日铸雪芽风靡全国，但是到了明代，松萝茶在市场上迅速崛起，“江南第一”的日铸雪芽就此没落。

出身于世代簪缨的书香门第，张岱却独爱带着金石之气的日铸雪芽。不甘于好茶被埋没，他开始计划招募技艺先进的人重炒日铸雪芽。

他生来就被养在锦绣堆里，半生顺遂，从不担心失败，此刻便要着手去做。

三叔张炳芳精于美食研究，听说大侄子这里有个好项目也凑了过来，两人从茶叶的掐芽、炒青、用水、煮法等各方面着手，竟真的让张岱做成了。

沏好的茶汤绿粉初匀，如山窗初曙，透纸黎光，倾倒时茶水如百茎素兰同雪涛并泻，姿态绝美。张岱觉得有趣，给它取了一个新名字——兰雪茶。

其实最开始研究兰雪茶的煮法时，张岱和张炳芳有过很多分歧。

张岱年少轻狂勇于创新，总是能想出新的花样：“三叔，我觉得烹茶的时候可以放进去点茉莉，味道会更好。”

张炳芳则认为高端的食材只需要最朴素的制作方式：“大侄子，我觉得不可……”

张炳芳还来不及把话说完，眼疾手快的张岱已经掀开茶壶盖将茉莉塞了进去。

可能正是因为这几片茉莉，兰雪茶的香气很快就打动了山阴的百姓。之后迅速火遍山阴，备受名家赞赏，连京城的茶商都赶来山阴打探消息。不过四五年时间，兰雪茶风靡全国，大明所有王公贵族的茶案上都少不了一壶兰雪茶。

这期间张岱可没闲着，他很快又有了新想法。他逛遍了市场，挑选了一头壮实的奶牛牵回家。

张炳芳听到消息一蹦三尺高，他知道他这个大侄子爱作妖，没想到现在又作出了新高度。他们张家累世公卿，家里的少爷竟然亲自养牛？

张炳芳跑到张岱院子里围观的时候，张岱正在给牛挤奶。

张岱的手生来就是握笔的，从小到大哪里干过这样的粗活？他跟着家里的仆人学了很久，可是具体操作的时候还是有点难以把握，动作一个不稳，牛乳滋了他一脸。

张炳芳嘲笑了张岱很久，可是在见到成品的时候，他震惊了。

张岱将挤好的牛乳静置，分离乳脂，再取乳汁与兰雪茶混合煮至黏稠，放凉后茶汤如雪腴霜腻，香气胜兰，沁人肺腑。

之后张岱又拿牛乳酪做过其他尝试，或倒入美酒蒸之，或兑入糖浆熬之，或掺入豆粉发酵煎酥、缚饼，想吃咸的还可以盐腌、醋捉……只有你想不到的，没有他的小厨房里做不出来的。

张炳芳吃过一整套之后心悦诚服。他再也不想跟张岱吵架了，他只想做一个安静的吃货，只要可爱的大侄子再有什么好吃的别忘了他这个叔叔就好。

张岱才不在意这些。他心情好，又吟诗著文一连写满了几张宣纸，完完整整地记录下今天新研发出来的这款美食。

“玉液珠胶，雪腴霜腻，吹气胜兰，沁人肺腑。”

第二日，文案流至坊间，山阴又多了一道爆款美食。

禊泉水

若要说起兰雪茶和乳酪，那就不得不提到禊泉水。若是没有禊泉水，那兰雪茶和乳酪都没了灵魂。

其实禊泉水的发现纯属偶然。

身为一个富贵闲人，张岱每日行止全看心情。他可以为了吃一颗频婆果特地去一趟京师，可以为了看雪深夜泛舟至西湖湖心，也可以为了斫琴自己去山里挑嘉木。他来城中的斑竹庵，最初也只是为了听听庵中的钟声罢了，谁知竟能在此处寻到如此一泓清泉。

泉水清冽如秋月双空，水光粼粼似有圭角，张岱喝的第一口就想到了日铸岭上有金石气的香茗。他取了此处泉水煮兰雪茶，味道果然极佳。

禊泉原本只是一眼寂寂无闻的野泉，可是因为与兰雪茶的捆绑，以及张岱的名人效应，它很快就荣升山阴第一名泉，成了游客观光打卡的圣地。禊泉火了之后没几年，附近就茶楼酒馆林立，就连禊泉旁边的斑竹庵每日收的香火钱也都比平时多了数十倍。

其实这些游客之中有很多人都是闻风而来，本身并不懂茶道鉴赏。他们喝不出来禊泉水与其他地方水的区别，更遑论尝出水中的金石之气了。

就连张岱自己身边的小厮也觉得这就是一场闹剧。什么“禊泉水”，依他看不过是“智商税”！都是没有任何味道的白水，哪里有什么区别？

张岱茶室中的水喝完了，便遣小厮去禊泉再挑两桶来。小厮嫌远，就在附近随便挑了桶井水回了府。张岱尝出不同，知道是小厮偷懒敷衍，便将他揪出来惩罚了一番。小厮不相信是张岱发现的，还以为是同伴告密，两个人大打出手，又闹到了张岱面前。

张岱得知事情的经过忍俊不禁，报出小厮所取之水来自某地某井，小厮服气了，日后再不敢弄虚作假。

尝水知产地的本事其实也算不上什么超能力，张岱生于“吃货世家”，在品茶辨水方面也是有些家学渊源的。

除了那位经常和张岱组团觅食的吃货三叔，张岱的老爹和爷爷也是骨灰级

“老饕”。同为诗礼传家的大族，张家人不爱同人结“诗社”“文社”，倒是拉着亲朋好友组了个“饮食社”，逮着机会就要备上碗筷与大家探讨一二。

张岱的曾祖父状元及第，爷爷、老爹和叔叔也都是两榜进士，文人风雅，所爱之物都要著书立传，他们将吃过的美食全都记录下来，竟然集成一册《饔史》。张岱作为一名合格的后浪，他不仅继承了祖辈的优良传统，为美食著书无数，还翻出了父祖的作品大胆批评删改，辑成更为经典的吃货宝典《老饕集》。

他是“越中第一清馋”，在饮水吃茶方面谁也蒙骗不了他，饮食中略有一点问题，他一口就尝出来了。

正因如此，兰雪茶和禊泉水出了问题时，他是第一个察觉的。

兰雪茶声名在外，每年的需求量都很大，可日铸岭每年产茶量有限，有些不法商贩便动了歪心思。不过几年时间，市面上兰雪茶鱼龙混杂，食品安全问题频发。

除了茶叶，煮茶的泉水也出了问题。

自从禊泉爆火之后，斑竹庵周围热闹不输市坊，人一多治安就成了大问题。斑竹庵内的僧人深受其害，几次试图封泉。

僧人们在泉水中倾倒秽物，又毁掉庵内沟渠，张岱为了保护泉水，带着仆人淘洗泉水重修沟渠，与庵内僧人展开拉锯战。可他毕竟不能长住在禊泉旁边，每次等他离开，僧人总会再溜过去毁泉。几年后禊泉水质彻底变坏，张岱无可奈何，此事只得不了了之。

可即便如此，禊泉盛名未减，仍旧有不明真相的游客千里而来，只为饮一口传说中的禊泉水。有明一代，斑竹庵的公案始终都没有得到解决，僧人们想尽办法，庵堂却始终没能恢复往日的宁静。

禊泉水的味道原本就很特别，很多凑热闹来的人喝了浊水还大赞此地之水确实名不虚传。旁人知道这事儿只觉好笑，张岱听闻之后却唏嘘不已。

他亲手打造的传奇，没想到最终却被盛名所累，成了别人口中的笑话。

蟹会

河蟹是山阴一绝。

秋季是河蟹打捞的时节，张家历来有办饮食社的传统，张岱也经常会邀请张炳芳以及其他亲朋好友聚在一起办蟹会。

席上除了烹好的河蟹之外，还有肥腊鸭、醉蚶、风栗、新余杭白、牛乳酪和兰雪茶等饮食。河蟹吃起来复杂，张岱还提前备上了一整套的“蟹八件”。

张岱拿着小圆锤轻轻敲打蟹壳，掀开之后露出膏腻，堆积如玉脂珀屑。

他挖了一勺蟹黄向大家介绍：“食品不加盐醋而五味全者为河蟹。世间任何山珍海味也难以与它匹敌！”

张岱最后一次吃到这么丰盛的宴席是在南明顺治二年。

世道艰难，张岱已经有很久没有操办过蟹会了，此次之所以如此铺张，主要是为了迎接在山阴监国的鲁王朱以海。

鲁王身份矜贵，寻常用膳时席七重，汤点七进，队舞七回，鼓吹七次，礼节不输宫中。张岱原本觉得有些“铺张”的膳食，此时只觉寒酸。不过鲁王是张岱父亲的朋友，念及旧情也没过多责怪，只是吩咐下人又备了些。

张岱全程陪侍，餐桌上摆满了山珍海味，他原本备好的河蟹夹杂其中，毫不起眼。

天下动荡不安，鲁王此番来张府，便是要同张岱商议这民生大计。二人聊了很久，桌上的菜肴吃了不到十分之一。

离席时鲁王挥了挥手，冷掉的河蟹便同其他饭菜全都倒进了泔水桶中。

一个月后，张岱向鲁王请辞，归隐山林。

·断 炊·

张岱早就知道，世间的事情并不是付出就有回报。但什么都不做，一生难安。大明的天塌了之后，他揣着一肚子文韬武略“志在补天”，可结果依旧如当年他回护禊泉一样。

张岱四十九岁披发入山，此后拒不出仕，终日著书，享年九十三岁。

年少时，张岱好读书、好美食、好骏马、好华灯、好音乐、好美人，鲜衣怒马，恣意张狂；垂暮时，张岱避迹山居，常至断炊，余生都在用文字追忆故国繁华。

夜半鸡鸣，他常会梦到年少时与挚友泛舟煮茶的场景，挚友气急败坏，不许他在茶壶里乱加东西，可茶壶中已然飘出了茉莉的清香。

任务背景：崇祯五年十二月，张岱深感烦闷郁结于心，适逢西湖一连下雪三日，便前往湖心亭赏景。亭中遇到两位同样赏雪之人，相谈甚欢，后留下《湖心亭看雪》这一散文。可如今不知为何，这篇散文消失在历史里。

任务目标：慰藉张岱，并让《湖心亭看雪》重回历史。

执行人：特工 89757

本次背包物品：月光宝盒 ×1　酥油鲍螺 ×1

特殊奖励：烟花 ×1（可用于开启特殊番外）

文 / 明戈

开始任务 ▸

1

你已经在湖心亭蹲点一个时辰了。

西湖的雪纷纷扬扬，湖面上冰花一片。天光湖色，树影堤岸，皎皎同白。

美是美，可你低头看了看自己忘换的玛丽珍鞋，心里盘算着自己会不会冻死在这里。

讲道理，张岱这个时辰应该已经来了。就算张岱不来，那两个带着火炉的书生也应该来了。

难不成售票处关门了？

这个想法一出，你知道自己的脑子已经开始被冻住了。

面对空无一船的江面，你决定 ______。

A. 继续死等 跳转3

B. 使用月光宝盒去张岱家 跳转5

2

你稳了稳心跳，对上他的眸子，理直气壮地问：“昨日湖心亭，为何不来？”

张岱一时间愣住了，明显没意料到这个问题。

你满脸委屈：“为何不赴约？”

张岱茫然地眨了眨眼，似乎在回忆这是什么时候的约定。

你乘胜追击，推开他痛哭起来：“我来寻你，你却乘人之危对我……这样那样！然后现在还来问我是谁！”

正当你佩服自己可以去参加《演员的诞生》时，耳边却传来张岱的轻笑声。

“可昨晚明明是你抱着我说冷，死活不松手，我没办法才在客房将就了一晚。怎么姑娘如今说我轻薄了你？”张岱站起身来，倚在金丝楠木雕花的围柱上，歪头饶有兴致地看着你。

你低头看向自己完好无损的衣服，尴尬地一咧嘴，闭上眼睛硬犟。

“总……总之你没来赴约！”

“何日之约？”

“就那天的酒楼！你喝多了，估计就忘了！”你情急之下胡乱编道。

没想到张岱竟真的低头认真思考起来，修长干净的手指微微抵在下巴上。

“嗯……好像的确有这么回事。”

糊弄过关，你心中狂喜。

“昨日身体抱恙，便没去赏雪。”张岱眸色深沉地看着你，眼睛里的意味捉摸不透。

“没事没事，不耽误，今个儿去也行。”说罢，你上前拉住他便要往门外走。

没承想他看似孱弱，力气却大得很，你一下竟然没拉动，反倒栽进他怀里，鼻尖撞上软软滑滑的布料。你顿时被一股熟悉的木质调香气味包裹。你被自己的“投怀送抱”吓了一跳，连忙跳开。

张岱盯着你半晌没说话，然后突然弯下腰在你耳边低声道：“不成。你昨日冷得像个冰块，我可是暖了你一夜。姑娘不考虑考虑恩人的身体状况吗？”温热的气息扑在你耳颈处，痒痒的。

你蒙了，被一个古代人撩了？

“你……这……好好好。”你一时有点慌乱，随便丢下一句便落荒而逃。

身后遥遥传来张岱恶作剧得逞的爽朗笑声。

次日。

虽说昨天的事是有点尴尬，可毕竟任务要紧。今日已经是第三天了，再不去湖心亭来不及了。于是你早早前去找张岱，可日上三竿了他竟然还未起床。

你实在等不及，于是 ______。

A. 闯进去找他 跳转11

B. 拿出酥油鲍螺 跳转4

3

哼！我就不信了，我等到明天早上，他还不来！

你突然燃起了熊熊斗志，展现出作为一个特工的超凡耐心。

风雪交加，寒霜刺骨，可这些都没能消磨掉你钢铁般的意志力。

终于第二天一早，由于被系统检测出生命迹象衰微，你被强制召回。

经过学院救治，你捡回了一条命。

达成结局

·任务失败·

莫强求

4

俗话说得好，要让男人起床，就要先唤醒他的胃。

你拿出酥油鲍螺，在张岱房门前晃来晃去，香味阵阵传到屋内。

不一会儿，张岱果然从屋内走了出来，揉了揉惺忪的睡眼，冲你招招手示意你进来。

你绕过侍卫，端着鲍螺跟了进去。

“你怎知我爱吃这道菜？”张岱梳洗完毕，穿了一件墨竹的蜀绣锦袍，坐到桌前。

这可一下子问住了你，一个酒楼里偶然认识的姑娘，怎么会知道他的喜好呢？

“这个……你知道知己吧？灵魂伴侣那种。”

说完你自己都觉得玄，真是紧急关头啥都能胡说出来。

“哦？灵魂伴侣？”张岱眯起眼睛细细端详起你来，然后问，“那你一定知道我最喜欢什么茶了。”

“这，我当然知道！不就是 ____。

A. 兰雪茶 跳转10

B. 龙井茶 跳转7

5

你打开宝盒，风雪大起，转眼你便来到了张岱家的院子。

也许是在风雪中待了太久，或是穿越的速度太快，你只觉得眼前发黑。

模糊中，从泛着昏黄烛光的屋内走出一个身材修长的男子。出来得匆忙，连避风的斗篷都未披，只穿了纯白的里衣。

嗯，这估计就是张岱了。

你强撑起眼皮向上看去，那张似乎和雪一样皎白干净的脸，眉目分明，脸上带着惊讶，不解，似乎还有点……慌张？

你一边疑惑，一边觉得眼前的世界倏地翻了个个儿。

晕倒前，你恍惚记得有人高声唤着“姑娘”，然后拥你入怀，还有一阵好闻的檀木香。

第二天，你从张岱家里的榻上醒来。

熟悉的檀木香萦绕身侧，精致的镂空雕花窗棂把阳光分得细碎，素色的纱幔一看便是上好的桑蚕丝，绣的倒不是寻常花草，而是绽开的烟火。窗前的红木大案上，放着汝窑的天青釉花瓶，一看就是富贵人家。

正当你盘算着一会儿如何向张岱解释你的到来，忽然感到一阵湿热的呼吸洒在你的头顶。

等会儿……

你身子突然僵住了。

该不会……

你瞪大了眼睛，缓缓向左上方看去。

映入眼帘的是一张熟睡的脸，这不是张岱还是谁！往下看，做工精细无比的里衣松松垮垮地系着，露出大片月牙白的肌肤。

完了完了，怕是……

你倏地攥紧了胸口的被子，悲愤交加地一吸鼻子。

你幽怨地再次抬眼。不比昨日，面前的男子现在倒是看得真真切切，眉目清俊，鼻梁直挺，睫毛微微颤动，眼底有层淡淡的阴影，似乎是没睡好，薄薄的嘴唇紧抿着。

这男人还真挺好看。

正当你出神地帮他相面，张岱突然睁开眼，冰凉漆黑的眸子好像一汪深潭水，直直地望进你的眼睛。

“还没看够？”他嗓音清冷。

你脸腾地红了，瞬间理亏的人变成了你。

“既然醒了……”张岱缓缓开口，忽然一个翻身，压在你上方，长臂抵在你耳侧的榻上，你被圈在其中无处可逃，“你是何人，昨夜为何出现在我院内？”

面对他的质问，你选择 ______。

A. 沉默不答 跳转7

B. 用反问获取主动权 跳转2

6

“先，不了吧。”你不知为何，神使鬼差地拒绝了他。

张岱眼里划过一丝错愕，随即微笑着点点头：“好。”

你们坐在堤旁，看向面前寂静的水面。身后是热闹熙攘的人群，仿若两个世界。

“你为何……”你率先打破沉静，可不知道该怎么问。

张岱却直接说出了回答。

“天下之看灯者，看灯灯外；看烟火者，看烟火烟火外。未有身入灯中、光中、影中、烟中、火中[1]。可是要问这个？”

你点点头。

“西湖七月半，一无可看，止可看看七月半之人[2]。卖花灯的小贩、独酌赏月的诗人、街上戏耍的孩童，都值得看。所以与其说我爱这世界，不如说我爱看这世界吧。”

“只是看得久了，外面越热闹，我就越孤独。”他喃喃自语道。

明明在说给你，却更像说给自己听。

随后一连几日，你都陪他散心。

他也不见外，拉着你侃天侃地。大部分时间都是他在说，说理想，说遗憾，仿佛着急要把半辈子的话都说尽。

第七日，他忽然问：“什么时候离开？”语气淡淡的，却仿佛知晓一切。

你实话讲：“去湖心亭看完雪。”

张岱望望早已晴朗的天空：“那我们今日便去吧，我知道你有办法。”

你愣了半晌，随后点头，用月光宝盒带他回到四日前。

遥遥地，你便看见湖心亭已然坐着两个人与一个烤酒童子。是了，现在一切都符合历史，只是多了你。

你正转身要走，张岱一把拉住你，语气闷闷的，有点软。

“陪我看完雪。”

今天的雪出奇地大，洋洋洒洒，像鹅毛一般，片片落在他墨黑的长发上。

他似乎很开心，拉着你看一色的长堤，看钛白的天空，和那两个金陵人高声畅谈。

是时候走了。

你起身道别。张岱也站起身来，不胜酒力的他却拿起酒杯对你连敬了三大杯。

①张岱《鲁幡烟火》。
②张岱《西湖七月半》。

张岱脸上带了点潮红，眼睛弯成月牙："谢谢你，我的灵魂伴侣。"

你听着他欢快的语气，知道他心中的阴霾已没了大半，放心地点点头。

达成结局

·任务完成·

长相厮守

{注意}：若拥有烟花，可 跳转9

7

面对你的反应，张岱面色一冷。

"你在这里究竟有什么目的？"

你被吓了一跳，支吾半天没说出话来。

由于你失常的表现，张岱对你戒备心起，最终你被赶出了府邸。

达成结局

·任务失败·

师出未捷

8

机不可失，你连连点头。

趁张岱去找船家时，你花了些银两找了俩人假扮金陵人，先去湖心亭温酒聊天。

你和张岱登上了湖心亭。

因为下着大雪，湖中并无其他船，飞鸟也都消失了。天云山水，白皑皑一片，美得惊艳，令人心旷神怡。

张岱感叹连连，不由道："湖上影子，惟长堤一痕，湖心亭一点。"

"心情好些吗？

张岱点点头。

你又想起来什么，连忙叮嘱："以后写小作文，可别把我加进去。"

张岱却宛如预料之中："我知道，你不是这里的人。"随即扯开嘴角笑了笑，"虽然不知道你的目的是什么，可我知道来了湖心亭，你就该走了。谢谢这两天的陪伴。"

你张了张嘴，却没说出话来。

明明他微笑着，可你却清楚地感受到一股旧日的忧愁。

半晌。

"那，再见。"

达成结局

·任务完成·

共赏西湖

9

你想起来包中有烟花，于是连忙拿出来跑到一边点燃。

"知道你喜欢烟花，送你的临别礼物。"你笑道，眼睛亮晶晶的。

金色的烟火漫天绽开，宛如夜空中闪闪的星子，流光溢彩，缀成条条银河，映得遍地银白如梦如幻。

这景色太美，你出神地看着天空，完全没注意到身后那个人的视线。

直到烟火将尽，你才回身看向张岱。

年 度 特 工 考 核 表

姓名：________ 学院：________ 岗位：________

考核区间______年______月至______年______月

考核项目______________ 考察得分______

◇ 特工素质

1. 有良好的职业操守，对每次的任务有大局观。	3	2	1
2. 在任务中，对目标人物有良好的责任感。	3	2	1
3. 遵守院内规定，不违规违纪。	3	2	1
4. 主动发现目标人物问题，有先他忧而忧的能力。	3	2	1
5. 任务期间，有留心并发现细节的能力。	3	2	1

◇ 工作态度及能力

1. 能保质保量完成每次任务。	3	2	1
2. 在任务中，能积极配合并理解目标人物，提供切实帮助。	3	2	1
3. 能以目标人物的身心健康为第一目标，未对任务对象造成伤害。	3	2	1
4. 在任务中能时刻保持特工的警觉性。	3	2	1
5. 有特工的直觉，能在紧急情况中快速做出正确选择，任务完成度高。	3	2	1

◇ 职业技能

1. 对目标人物，任务背景有良好的了解。	3	2	1
2. 能够熟练掌握各种特工技能和任务道具。	3	2	1
3. 参加各种专业知识培训，不断学习专业知识和技能。	3	2	1

◇ 请根据你的实际情况在每项对应分数上划“√”。

任务完成情况（每项任务 5 分）：

陆 游	袁 枚	徐 渭
元 稹	李商隐	郦道元
独孤信	王昌龄	徐霞客
张 岱	陶渊明	谢灵运

考核最终得分：________

只见他墨发飞扬，负手站在漫天烟火下带笑望你。

烟火斑斓，把一袭白衣的他映得清澈而透明，如圭如璧。

张岱抬步走到你面前。

站得很近，近到你又闻到那股好闻的檀木香，近到能看见他瞳孔里你的倒影。

“谢谢，烟火真美。”

还未等你回话，他突然覆过来，轻轻抱住了你。

耳边的声音很低，却字字清晰。

“可美不胜卿。”

烟火散尽，张岱早已醉倒，你想先扶他下船再离开。

在旁边默默看着的船夫突然开口：“您特别喜欢烟火吧，看您刚才一直在盯着天空看，真是个痴人。可他比您还痴，眼睛一直在望着……”

你没听清他后面说什么，系统已经将你带离。

“及下船，舟子喃喃曰：‘莫说相公痴，更有痴似相公者。’”

——《湖心亭看雪》

达成结局

·任务完成·

烟火相拥

10

“不就是兰雪茶吗？”你胸有成竹回答，“最好还要加入煮沸的牛乳，奶香四溢，茶香浓郁，唇齿流芳。”

张岱显然有点震惊，看向你的神情除了好奇还多了些一闪而过的欣喜。

张岱伸出骨节分明的手拿起红木筷，夹了一枚鲍螺。

“特意做的吗？”

“那是自然，报答你的救命之恩。”你顺着答道。

张岱眼角带了点笑，将鲍螺放入口中，闭起双眼细细品味。

“苏州过小拙和以蔗浆霜，熬之、滤之、钻之、掇之、印之，为带骨鲍螺，天下称至味。如此难的菜，你能还原成这样，也算可以了。”张岱俨然一副老饕的样子。

“那我们能去湖心亭看雪了吗？”你满脸期待地看着他。

张岱垂目看了看你，似乎在研究什么，半晌才道:“不能，今日同我上街逛逛。”

你都快哭了，再不去第三日就过了，还哪来的湖心亭看雪。可毕竟你在人家家里，又拗不过，只好答应。

你自是知道张岱是个纨绔子弟，吃喝玩乐安排待客肯定熟稔无比，不过没亲眼瞧见，你真不知道他这么会招待人。苏家茶馆的雪芽，张氏酒楼的醋鱼，就连巷子口哪家冰猴转得溜他都知道。

夜幕悄悄降临。临近正月，到处是卖灯笼春联的小贩，远看红红火火一片，好不热闹。街上人头攒动，大家都结伴出来闲逛。

你一手拿着糖葫芦，被挤得踉跄。张岱看见，默默拉住你另一只手，掌心温暖厚实。

张岱拉着你远离了人群，站到堤旁的高处。

“来这干吗？”你咬着糖葫芦，含糊地问道。

他没说话，只是眸子晶亮，静静望着远处这些热闹。

你突然看不懂了。明明白日里为你介绍繁华的是他，拉着你感受人间烟火的是他，朗声大笑肆意玩乐的是他，把这山水美景、杯酒美食玩转得如掌中物件的，皆是他。可偏偏这一刻，你又觉得那些热闹喧哗似乎都与他无关。

这个浪荡公子，此刻宛如卸掉了一身五光十色的外袍，只留下一个漆黑得可以融入深夜的身影，如一个看客般，看着世界的热闹。

一并裹挟的，还有浓得化不开的忧郁和孤独。

忽然，他开口道：“去湖心亭吧。”

你错愕了一下，随即说 ______。

A. 好 跳转8

B. 不了 跳转6

解锁角色

袁枚

开始游戏

道具补给站

舌尖上的随园

任务等级 C

身为特工，必备技能：做菜

文 / 纤纤月

有这样一位学霸，二十三岁时高中进士二甲第五名，走上人生巅峰一览众山小，开局即是王炸。后来他却不按套路出牌，贯彻“走自己的路，让别人说去吧”的人生信条，走遍天下、吃遍四海，完成了从“学神”到“食神”的华丽转身。

他就是袁枚，一个网红鼻祖、营销天才、举世传奇。

袁枚，打小就是别人家的孩子，九岁能写诗属文，十四岁作名篇《郭巨埋儿论》，一路走来都有着耀眼夺目的光环，二十三岁高中进士更是给他贴上超级大学霸的标签。

一些人对学霸有“智商爆表，情商为负”的刻板印象，然而袁枚却用实际行动让看笑话的人狠狠打脸。

高中进士后，袁枚向恩师尹文端辞行赴任。

尹文端：“你此番赴任可有准备？”

袁枚：“学生准备了一百顶高帽子。”

小朋友你是否有很多问号？

尹文端对这个不靠谱的学生甚是不满，面色一沉厉声教导：“年轻人应该踏实认真，不要搞溜须拍马的那一套。”

袁枚不慌不忙一拱手：“我听说如今世人都喜欢戴高帽，像老师这样正直的人实在凤毛麟角。”

尹文端听闻大喜，十分受用。

会说话是种怎样的体验

说话的艺术

人际交往秘籍

叮咚！您的好友袁枚，凭借三寸不烂之舌首战告捷完成任务“戴高帽”。

袁枚在地方兢兢业业、勤勤恳恳，受到百姓的交口称赞。但是在官场风生水起的学霸袁枚，三年后遇到了人生最大的滑铁卢——满文考试不合格。偏科给他带来无尽的烦恼，也改变了他之后的人生轨迹。

几载宦海浮沉，三十二岁的袁枚积累够了创业资金，便毅然决然地辞了职，去追求诗和美食。

创业第一步，园林来开路。

袁枚把目光投向一座已经破败的园林——隋园。隋园原本是曹雪芹家的大观园（织造园），后来被雍正朝大臣隋赫德查抄，改名为隋园。风水轮流转，因为隋赫德的倒台，隋园再次败落。该出手时就出手，袁枚以极低的价格收购，更名“随园”，开启了他的“网红”经营之路。

古人言：“君子远庖厨。”袁枚不仅对此嗤之以鼻，还反其道而行之。他以老隋园为根据地，将新随园打造成了最具盛名的江南旅游打卡圣地。

好山好水好美食，当然少不了好书的推广。无数人对随园心驰神往，想要一睹为快，袁枚因此又发现新的商机和卖点。他亲自执笔，写下《随园诗话》和《随园食单》。两本书出版发行后，一时间金陵纸贵，人们争先恐后追捧袁枚这位全能型“爱豆”。

袁枚也毫不吝啬，开放随园任人观赏，在门口写下对联“放鹤去寻山鸟客，任人来看四时花”。独乐乐不如众乐乐，随园主人乐随园游人之乐。

成为网红是一种怎样的体验

如何增加外快收入

带货达人的分享

袁枚虽然十指不沾阳春水，却是品评美食的行家里手。

他有一首名为《品味》的诗，简明扼要地概括了他评价美食的标准。

平生品味似评诗，别有酸甜世不知。

第一要看色香好，明珠仙露上盘时。

袁枚创造性地把品尝食物的味道和评论诗歌的语言相提并论。对他而言美食是一件精雕细琢的工艺品，要色香味俱全，容不得半点马虎。这种精益求精的态度，让袁枚博得一众读者的好评，也让《随园食单》成为广大吃货眼中的美食经典。

“享乐主义者”袁枚不仅追求把美食花样翻新，还将“吃货精神”发扬到极致，把美食之道传播到大江南北。

在《随园食单》的序中，袁枚引用《中庸》表明自己的观点：“人莫不饮食也，鲜能知味也。”大家都要吃饭，但很少人能了解食物的味道，恰巧他是一个懂美食会记录的人。

袁枚：做美食的代言人，我骄傲，我自豪。

袁枚博采众长，用尽“吃货”的毕生所学，在《随园食单》里详细记录了海鲜单、江鲜单、羽族单、点心单、茶酒单等十四类食物。天上飞的、地下跑的、水里游的，荤的素的，凉的热的，只有想不到没有做不了。

有意思的是，袁枚却对豆腐情有独钟。在《随园食单》的《杂素菜单》中，他洋洋洒洒地记录了蒋侍郎豆腐、杨中丞豆腐、张恺豆腐、庆元豆腐、芙蓉豆腐、王太守八宝豆腐、程立万豆腐、冻豆腐、虾油豆腐等九种豆腐的做法。

某一天袁枚在朋友家蹭吃蹭喝，对其中一道香气扑鼻、爽滑细腻的豆腐赞不绝口。作为美食达人，他当然不会错过，打探好地址后，几次登门求教，想要得到烹调秘方。

厨师不愿将苦心钻研的菜谱轻易示人，苦口婆心地讲出“陶渊明不为五斗米折腰”的典故，想让袁枚知难而退。

厨师：别挨我，我是一个没有感情的做饭机器。万万没想到，袁枚连连拱手，情真意切地表示“愿为豆腐折腰”。厨师也是位性情中人，见袁枚虚心求教，将烹饪秘籍倾囊相授。

叮咚！您的好友袁枚获得成就“拿到菜谱”，个人技能点“加一”。文坛盟主摇身一变成为美食博主。

论当吃货的最高境界

如何做一个合格的吃货

写菜谱是种怎样的体验

交友的秘籍

人际交往技巧

袁枚的三寸不烂之舌“语不惊人死不休”，从“书非借不能读也”，到“反对贞节牌坊，崇尚自由恋爱”，无一不是惊世骇俗。他还敢想敢为、敢作敢当，散尽珍藏的图书供人阅读，开办只接受女学生的私塾，反对缠足和贞节牌坊。有人指责他破坏纲常，袁枚依旧坚持自我“性灵说”，创造了诗歌史上一道亮丽的风景线“随园派”，培养了鼎鼎有名的女诗人团体。

从达官显贵到平民百姓，袁枚都一视同仁地往来，是一个至真至诚的好人。

在《随园诗话》里，他随手记录了一件有关印章的趣事，足以看出其率真。

余戏刻一私印，用唐人“钱塘苏小是乡亲”之句。某尚书过金陵，索余诗册。余一时率意用之。尚书大加诃责。余初犹逊谢，既而责之不休，余正色曰：“公以为此印不伦耶？在今日观，自然公官一品，苏小贱矣。诚恐百年以后，人但知有苏小，不复知有公也。”

除此以外，袁枚写诗赠给伶人，同样是行不更名、坐不改姓。当时文人墨客给歌妓等人赠诗，总是署名自己的别号。袁枚丝毫不觉得写真名是跌面儿、掉份儿的事，他一贯用大名行走江湖，还嘲笑迂腐文人矫揉造作。

在《随园诗话补遗》里，他收录了一首自己写给伶人陈兰芳的诗。

伶人陈兰芳求题小照，余书名以赠云："可是当年陈子高？风姿绝胜董娇娆。自将玉貌丹青写，镜里芙蓉色不凋。"

袁枚以自己光明磊落为傲："老夫自有千秋在，不向花前讳姓名。"

袁枚更是以一己之力舌战群儒，拿出了一夫当关万夫莫开的气势，将迂腐文人斩于马下。"不会写诗的美食家不是好辩手"，他凭借自己敏锐灵活的舌头成为随园祖师爷，遇美食就品尝，遇杠精就开喷，快意恩仇、潇洒自由，颇有几分侠者豪情。

闯荡江湖的那些年，爱吃爱玩的袁枚少不了结交厨师朋友，关系最好的是大厨王小余。两人都对食物高标准、严要求，很多观点不谋而合。袁枚在《随园食单》里的许多评论，都是对王小余烹饪经验的拓展。他们可谓是美食届的俞伯牙和钟子期，高山流水遇知音，一见如故、相见恨晚。

王小余去世后，袁枚为纪念这位厨师朋友写下了《厨者王小余传》。文中写王小余厨艺高超"工烹饪，闻其臭香，十步之外无不颐逐逐然"，又写好友去世后袁枚吃饭时睹物思人"余每食必为之泣"，可见二人友谊之深厚。凭借这篇情真意切的文章，王小余成为古代唯一死后有传的名厨。

从《祭妹文》到《厨者王小余传》，袁枚字里行间尽是浓浓的哀伤。但他却看淡个人生死，在六十五岁后游山玩水、品评香茗，在七十六岁时亲自写自己的挽联，真实质朴又独树一帜。

他在《苔》一诗中写道，再细小的花朵也有属于自己的春天。

白日不到处，青春恰自来。

苔花如米小，也学牡丹开。

袁枚没有选择宦海浮沉，却通过经营舌尖上的随园，在不起眼的角落开辟出属于自己的一方天地，过着有滋有味的好生活。

袁枚，一个风流潇洒的奇男子，与美食结下不解之缘，又纵情于山水之间，千金难换随园一乐。

进入道具补给站

文 / 明戈

在前面的任务中，你是否错过了心仪的道具呢？

此次，你将穿越到清朝，假扮一日著名食神兼袁枚家的掌勺大厨王小余。

本关共设置10道题目，每道5分，共计50分。

答对加分，答错不扣分，累计得分30分及以上，即可在道具池中随意挑选两样收入囊中。

下面就请开始挑战吧！

开始任务 ▸

1

“余兄！”

你刚变好装来到厨房，还未熟悉物品摆放，便听到一道声音急急地从外面传来。

虽喊得迫切，但清脆悦耳。

你抬起头，只见一面红齿白、眼尾带笑的男子从外面快步走进来，似是有什么要紧事，额头满是细密的汗珠。

嗯，这定是袁枚了。

“余兄，菜品准备得怎么样了？”

“嗯？什么菜品？”你一脸茫然。

“下午的宴会啊！”袁枚急得一把揪住了你的袖子，“今天是中秋节你忘啦？那么多客人慕名前来咱们随园吃饭，可不能马虎！”

“啊！对对对！”你连声应付，顺便在心里痛骂系统给你这么难的任务。

袁枚眉毛拧成了个大疙瘩，面露难色：“余兄，你说今年弄不弄‘刘方伯月饼’？要不还是做几个吧。”

“刘方伯月饼”？你心下思忖，这不正是________。

A. 咸蛋黄肉松月饼

B. 莲蓉月饼

C. 伍仁月饼

2

你想了想说：“行倒是行……只是咱们厨房里的几种原料还够吗？”

你心里抱有一丝幻想，希望原料库存不足。

“够！玉儿前天刚去买了回来。”

幻想破灭。

“对了余兄，我还想吃老家的台鲞（xi ǎ ng），你可别搞错了，一定得是老家产的。”

袁枚老家？你记得好像是 ______。

A. 钱塘

B. 江宁

C. 上元

3

“好的，我这就让人去集市买。”你点点头。

“总之，今天的宴会就拜托余兄了！”袁枚突然后退半步，鞠了一躬。

这一鞠躬给你吓了一跳，你正要说不客气，袁枚又猛地抬起头来愤愤道。

“哼，主要是那个张商户也会来，他一直到处说咱们的菜不好吃，还说我写的‘意欲捕鸣蝉，忽然闭口立’粗陋浅薄！真是过分！今天一定得好好堵住他的嘴。”

你心里默默回忆，如果没记错这句诗应该是出自 ______。

A.《所见》

B.《山行》

C.《村居》

4

袁枚眼圈一红，你心当时就软了。

“他懂什么！你那首诗《所见》写的牧童天真快乐，好得不得了，咱不跟他生气。”你连忙安慰，“今天的菜就交给我，准保让他当场拜服！”

“嗯！”袁枚眼睛弯成了月牙，“那我先去前面看看准备得怎么样了。”

袁枚说罢快步走了出去。人都出厨房了，还遥遥扔下一句：“余兄记得做海参！我想吃海参！”

你正为刚才夸下的海口想自扎三刀，听见这话欲哭无泪：“你看我像海参不？”

唉，可真是个吃货。哭归哭，菜该做还是得做。

不过这海参沙多气腥，得怎么处理呢？

A. 泡去泥沙，再用鸡汤肉汁红煨到极度松软

B. 泡去泥沙，清汤慢炖

5

你心中有了方案。

不出半个时辰，锅中的海参已经有香气飘出来。你心中窃喜，没想到自己做菜还是有点天赋的。

由于你也没想好后面做什么菜，于是决定先做月饼。

二十分钟后。

“好难啊！”

你突然有种想辞职的冲动。

又没有老师，又没有菜谱，这不可能凭空做出来。

等等，菜谱？

你突然想起来袁枚正在编写一本书，里面全是菜谱。那本书叫 ______。

A.《随园随笔》

B.《随园食单》

C.《随园菜谱》

你跑出厨房，偷偷溜进袁枚书房翻找起来。

找到了！

你翻开手稿，找到点心那一章，只见里面赫然写着“刘方伯月饼制法”。不仅有月饼，从西洋饼到白云片，蒋侍郎豆腐到猪里肉，素菜肉菜点心等简直是一应俱全。

有救了！你不禁狂喜，抱着菜谱就往厨房跑。

终于，你在神级菜谱的加持下，赶在宴会开始前做完了所有菜。

走菜结束后，你坐在袁枚身边，宴会正式开始。

“余兄你看那个张商户，长得就一副事多的样子。”袁枚示意你往右边看。

你刚把视线投过去，张商户就举着酒杯站了起来：“袁园主，您看今日前来参宴的人这么多，您这个大文豪不打算作诗一首意思意思吗？打油诗也行，哈哈哈哈哈。”张商户油腻的小眼睛里透着一股猥琐和轻蔑。

袁枚气得正要站起来反驳，你一把按住了他。

经过一早上的相处，袁枚一口一个余兄叫得你保护欲爆棚。

呵，敢挑衅你的人，这你能忍？

你速速盘了一下要说的话，你记得袁枚的履历是 ____ 岁中秀才，____ 岁中举人，____ 岁成进士。

A.20，22，24

B.12，18，20

C.12，23，24

7

你端起酒杯站起来，朝张商户一拱手：“我家园主如此这般学历，年纪轻轻便入翰林任 ________。”

A. 庶吉士

B. 修撰

C. 侍读

8

“和 ______ 称为‘南袁北纪’。”

A. 纪晓岚

B. 纪昌

C. 纪少瑜

9

你继续道：“你现今出言嘲讽他的学识，岂是在暗讽我大清用人良莠不分，当今圣上材愚不清吗？”

你这个帽子扣的可不小。张商户惊出一身冷汗，连连道歉称自己有眼无珠所言有误。

“谢谢余兄。”

袁枚轻声说道。

“客气什么，我说的都是事实。”你豪爽地一摆手重新落座。

这桂花酒真是好喝。

你没忍住，一连喝了五杯，只觉得有些上头。

忽然，面前出现一张放大的俊脸。

“余兄，你没事吧？”袁枚一脸担忧地问道。

“无碍！还能再来！”你又倒了一杯，明显喝嗨了。

袁枚突然神情带了一丝疑问，而后突然问：“你记得我这‘随园’原名是什么吗？我曾和你讲过的。”

你晕乎乎的想了想 ________。

A. 夏园

B. 隋园

C. 明园

10

袁枚听后，又继续问：“余大厨，我那菜谱好用吗？”

你傻乎乎一咧嘴：“嘻嘻，好用，特别好用。”

袁枚站起身，叉腰看了会你，说：“走吧，我带你出去吹吹风，你喝醉了。”说罢伸出手拉起你。

你摇摇晃晃站起来，脚下不太稳，只能一把抱住袁枚胳膊，嘴里碎碎念道：“慢，慢点，脚下这块地有点软。”

A. 跟他出去吹吹风 跳转副本S

B. 算了，反正任务已经结束了，回去睡觉啦 闯关结束，获得5分正值中秋，街上行人如织，全是卖花灯卖月饼和桂花酒的。

你看见桂花酒又撒了欢儿，歪歪斜斜地上去就要拿，袁枚见状赶紧把你揽回来，又挂回到自己身上。

突然不知谁家放炮仗，噼里啪啦的，竟把袁枚吓了一跳。

你半眯着眼睛，一边当树袋熊一边嘀咕："弟弟不怕，姐姐保护你。"

袁枚回眼看了看掉了半撇胡子的你，又好气又好笑。

"姐姐我们去放花灯吧。"

"走！"你豪迈地一挥手。

袁枚买了盏刨花灯，交给你说："姐姐，你可以许个愿望放在里面，然后放进水里，如果花灯未沉就会成真。"

"这么灵的吗？"

你拿着灯研究了一圈，又递还给了袁枚："既然这么灵那还是你许吧，我得罩着你。"

袁枚歪头想了想："那好吧。"然后认认真真写了张字条放在里面。

正当他去放花灯时，你没了扶手，脚下一歪，竟直愣愣摔在湖边。

水溅了你一脸，顺带洗去了易容的妆，你被水一激，也彻底醒了酒。

袁枚听见水声，赶紧跑过来把你从水里抱出来，放到岸边石凳上，又给你披上了自己的衣服。

你粗着嗓子说："弟弟见笑了，哥哥太笨了。"

袁枚拿出手帕帮你擦着脸上的水，眼里含笑点头。

"是笨。"

"弟弟许了什么愿望啊？"你看着湖里的花灯，火苗一闪一闪，像一颗颗小小的星星。

"希望吃你做的某道菜。"

你回过头来，看见袁枚认真的神色，不禁伸手摸了摸他的头："哈哈，弟弟还真是贪吃。哪道菜啊？"

袁枚没说话。

他握住手腕，把你的手从头顶拉下来，用温柔细腻的指尖在你的掌心一笔一画写道：“一日三餐。”

收获意外道具 随园食单 ，厨艺值 +10，文艺值 +15，获得 5 分。

正确答案

1-5：CAAAB

6-9：CAAB

特工小课堂

袁枚的资料补给站

1

袁枚，字子才，号简斋，晚年自号仓山居士、随园主人、随园老人。钱塘（今浙江杭州）人，祖籍浙江慈溪。清朝乾嘉时期代表诗人、散文家、文学批评家和美食家。

12岁时被时任浙江督学王兰生录取进入县学，考取秀才。

乾隆三年秋，袁枚中举，并于次年考取进士，授庶吉士，入庶常馆深造。

文笔与大学士直隶纪昀齐名，时称“南袁北纪”。

2

袁枚在《随园食单》里记录了两种月饼：“刘方伯月饼”与“花边月饼”。

刘方伯月饼用山东细面，作酥为皮，中用松仁、核桃仁、瓜子仁为细末，微加冰糖和猪油作馅。食之不觉甚甜，而香松柔腻，迥异寻常。

花边月饼，明府家制，不在山东刘方伯之下。用飞面拌生猪油子团按上近百下，才用枣肉嵌入为馅，裁如碗大，以手按出四边菱花样，用火盆两个，上下覆而炙之。枣不去皮，取其鲜也；油不先熬，取其生也。含之上口而化，甘而不腻，松而不滞，其工夫全在捏中，愈多愈妙。

3

意欲捕鸣蝉，忽然闭口立。——《所见》

某天袁枚看见一个牧童骑着牛、放声高歌，却在忽然听到蝉的叫声后停止放歌准备捉蝉。小童太过可爱，于是袁枚写了这首诗，并将它提名为《所见》。

4

海参在各类山珍海味中位尊“八珍”，有补益养生的功能。

《随园食单》记载：海参，无味之物，沙多气腥，最难讨好。然天性浓重，断不可以清汤煨也。须检小刺参，先泡去沙泥，用肉汤滚泡三次，然后以鸡、肉两汁红煨极烂。辅佐则用香蕈、木耳，以其色黑相似也。大抵明日请客，则先一日要煨，海参才烂。

解锁角色

李商隐

开始游戏

任务二

《无题》之谜

任务等级 B

人物线索：半生无题

文 / 采薇

大唐开成二年春，长安城，曲江池畔。

天朗气清，风拂衣袂，四十名新科进士聚在一起，先往曲江赴宴，再去杏园赏花、雁塔题名，最后乘上描金绣凤的精美游船，让整个长安城一睹风姿。而在这一天，长安城的达官贵人、闺阁小姐也会现身，好为自己觅得一段姻缘佳话。

这是一年才得一见的热闹场面。

众声喧哗中，只有李商隐格外沉寂。

他斜倚雕栏，眉心微蹙，素色锦袍上花纹清雅，好似一株芝兰玉树。其他进士皆言笑晏晏，唯他的唇角抿成了沉默的弧度，如同火焰中的一抹冰雪。

仿佛下一秒便会消融。

“义山，怎么不说话？”好友韩瞻突然一拍他的肩膀，双眸亮晶晶的，遥指一位女子说道，“你瞧见了吗，那是我的未婚妻，是不是端庄明秀？”

他应声抬头，另一个身影却以绝尘之姿，瞬间袭入他的眼眸。

她在人群中盈盈而立，天真而清丽的面容上还留有几分稚气，两个小小的梨涡里仿佛盛了蜜，娇俏地一笑，便能点亮大唐的春天。

“对了，站在我未婚妻身边的那个小姑娘，是她的小妹，也就是泾原节度使王茂元的小女儿，素日里活泼开朗，又善良天真。你若有意，我可为你们牵线搭桥。”韩瞻摇晃着李商隐的肩膀，兴奋地说个不停。

王茂元的小女儿吗？

摇晃中，眼前的盛景恍惚成光影。李商隐的面色更加苍白，好像看见命运举起利剑，再次向他刺来。

那一年，李商隐初到洛阳，寄宿在堂兄家。

隔壁是商户，家中有个女儿，名唤柳枝。

人如其名，她就像春日里刚抽芽的嫩色柳叶，烂漫又肆意。

有一次，安静走路的李商隐，在家门前撞见了柳枝。

她梳妆时，一只色彩缤纷的蝴蝶从她面前掠过，她不顾妆面还未齐整，就轻盈地跑出来追蝴蝶，无意间撞上了他的后背。

他回过头，只见她半边乌发垂落鬓边，抹了一半的胭脂散发出幽淡花香，清澈的双眸令人心神摇曳。

见自己撞到了人，柳枝放弃了飞远的蝴蝶，不好意思地笑了笑，如桃花般明丽。

“这位公子，抱歉撞到了你，请别放在心上。”

不能了。

他背过身，轻轻一扶额，悄悄上扬的嘴角却泄露了心事。

你的模样已经潜入我的心间，我又怎能不将你放在心上。

原本，他想着自己很快便要进京赶考，如能金榜题名，便回来迎娶柳枝。可惜当他落第归来时，柳枝已经被一方诸侯强娶而去。

春心莫共花争发，一寸相思一寸灰。

命运抬起双手，掐灭了他生命中第一束春光。

后来，他遇见了宋华阳。

第四次科考落榜，李商隐心中抑郁，来到玉阳山学道。而宋华阳作为公主的侍女，也在山中修行。

身份的间隔让他们被绝望萦绕。只能靠一个眼神、寥寥几语，来诉说深处的情意。

在玉阳山上，尽管艰难，尽管不能为人所知，但总还能寻出一两条缝隙，窥见对方的样子，让相思的微光掉落下来，洒进彼此的眼眸。

可当宋华阳被公主带回长安后，从此深宫似海，重门无数，他们被迫走向生离，无法反抗，无法回头。

刘郎已恨蓬山远，更隔蓬山一万重。

她甚至，来不及道一句再见，一句珍重。

与稍纵即逝的柳枝、耗尽相思的宋华阳不同，李商隐和王氏的相处，要清甜许多。

他为她写诗，字如青松，句如珠玉。情意化成丝缕，漾入墨中，被笔尖轻沾，一笔一画写成篇章，满纸皆是缠绵。她虽是武将家的女儿，却也懂他的心意，常趁他不注意的时候，偷偷将诗笺藏入心爱的首饰盒中。

他假装自己不曾发现，负手转身，却笑着摇头，满眼温柔。

她也会带他郊外跑马，扬弓射雁，热烈如火的样子好似夏日骄阳。长安的风吹乱了她的青丝，却吹不散她明艳的笑颜。

他微微叹口气，肃着脸，举起帕子为她擦汗。

“你啊，这么疯，以后可怎么办？”

“你不会介意的，那我疯一点也不要紧。反正有你呢。”

是啊，终归你有我。

他皱着眉摇头，却轻轻地揉了揉她的脑袋。

两情相悦，家中也支持，不久，成婚的日子即将到来。

命运张开獠牙，又将残酷裹上蜜糖，放在他面前。

无论如何选择，他都将一败涂地。

整个晚唐政治如果浓缩为四个字，便是“牛李党争”。

令狐楚历仕六朝，是牛党魁首、朝廷重臣，更是李商隐的恩师。李商隐还是个穷书生时，令狐楚便慧眼识英才，让他与自己的孩子一起读书，并倾囊教授。李商隐能金榜题名，与恩师的提拔不无关系。

不巧的是，王茂元却属于李党，是牛党的政治对手。

这是一道无解的题。

与王氏成婚，李商隐便是牛党叛徒，人人得而诛之；而李党将李商隐看作间谍，不会真心相待；对于其他人来说，李商隐更是个为政治利益出卖自己的投机分子。

不与王氏成婚，一腔情意皆付诸东流。

曾经错失的两段感情犹在眼前，他不愿再承受一次，只得心甘情愿踏入陷阱，义无反顾。

果然，成婚后，唾骂声萦绕耳边。

没有人知道，对于恩师，他一直心存敬意，不曾背叛；对于这场婚姻，他亦真心对待，并不会依靠它为自己谋取政治上的砝码。

可没有人会听他解释。世人指指点点，从不曾手软。

暮春，落花凋零，他倚在窗边，颜色如雪，仿佛下一秒便会随落花飘逝而去。

深秋，雨打梧桐，他仰望天幕，眸光暗淡，仿佛下一个黎明到来前，他会因为绝望，而在暗夜中舍弃人世间。

“义山，”她说，“如果能让你开心一点，你便去外地为官吧，不用担心我。”

他轻轻一笑，将她拉进怀中，白梅花的香味冰凉凉的，却固执地钻进她的鼻尖。

“那你可要等我回来。”

“好。”她笑着点头，不露一丝异样。

可她说谎了。

许是独支门庭过于疲累，或是内疚这场婚姻令李商隐终生困顿而心情抑郁，不过三十的年纪，王氏的身体便每况愈下。

而这一回，她病了，病得很重。

重到他一听闻消息，便快马加鞭，从就职的幕府狂奔回长安，却依然没能见到她最后一面。

空荡荡的房屋仿佛还是从前的模样，可却什么都不同了。

他的一半生命离开了。

他抚着她最喜欢的小榻，落尽了眼泪。

后来，他一直辗转寥落，才华不展。

后来，他眉间印痕一日深过一日，常饮酒，也会写诗。

他更爱写那些主题未明、意蕴晦涩的诗句。

锦瑟五十弦，每一根都勾抹着流年。庄周梦蝶、杜鹃啼血、明月鲛人、蓝田玉暖，都让他回忆起忽明忽暗的曾经。

此情可待成追忆，只是当时已惘然。

皆是血泪，皆是过往。

最后，他微蹙双眉，阖上双眸，孤独地离开了人世间。

大唐最后的光亮瞬间隐去了。

盛世已逝，暮色四合，只余萤火。

唯有光阴如水，浩浩向前。

进入游戏：无题之谜

文 / 明戈

李商隐的无题诗向来被视为诗中之谜，其中，《锦瑟》更是谜中之谜。这首诗本亦无题，只是后人按惯例以篇首二字命名为《锦瑟》。

接下来你将作为解谜人来到李商隐的书房。

在这里，你会找到各式各样的线索，也可以随时进行{深入}，每次{深入}将耗费1个技能点。除此以外，你的背包中会配有相应的解谜资料，每次使用也将消耗1个技能点。

你的起始技能点为【10】。

现在就请开始破解无题之谜吧。

文 / 明戈

开始任务

1

你来到了李商隐的书房门口，先打开背包阅读了他的背景资料片。

李商隐，字义山，号玉谿生，生于郑州，晚唐著名诗人。开成二年，进士及第，起家秘书省校书郎，后被卷入朝廷政治旋涡。

大致了解后，你收起文件，推门进去。

房间里面的布局十分简单，并无过多的装饰物。对面墙上是一副李商隐的画像，估计是他人赠予。画上的人鼻梁高挺，眸子狭长。虽然看起来英俊帅气，但眼神里似乎带了股若有若无的忧郁。你向左看去，窗棂下方是一张花梨理石大案，上面铺满了纸张和书卷，凌乱不堪。

正中间是一本《李义山诗集》{深入}的手稿。

你翻开书卷，首页便是《锦瑟》。

锦瑟无端五十弦，一弦一柱思华年。

庄生晓梦迷蝴蝶，望帝春心托杜鹃。

沧海月明珠有泪，蓝田日暖玉生烟。

此情可待成追忆？只是当时已惘然。

奇怪的是这首诗似乎是刚刚作好，墨迹还未干透。

你又看向桌面上散乱的古籍。你突然想起李商隐作诗时素爱翻阅古籍经典，而后引用其中的典故。于是你细细翻来，发现果然庄生、望帝、珠有泪、蓝田玉几个词{深入}被圈了出来。

虽然你现在了解了他引用的典故，可放进此诗还是晦涩难懂，于是你又拿起诗集细细品读了一遍。

锦瑟{深入}无端五十弦……

为何是五十弦？众所周知，瑟一般都是二十五弦。除非……你不禁大胆猜测。

除非摔断此琴——一断即为五十弦。

后面一弦一柱又接了思华年。

若李商隐为了表示思念某人……那便是在暗示此人二十五而殁也。

这时你向房间一角看去，那里刚好摆着一架锦瑟，上方还刻有一句诗{深入}。

锦瑟上方已经蒙了淡淡的灰，这琴的主人似乎已许久未弹过了。

2

看完书案一侧，你徐步来到房间的东面。

这里放着一个巨大的落地柜，和一个上了锁的小柜子。

你先看向落地柜，只见上面满满的都是古籍诗词，各类经书，一看就符合大文豪的气质。忽然，其中一本书吸引了你的视线。它从摆放整齐的一排书里半探出来，似乎是刚被人看过。

你抽出那本书，只见书名为《古今乐录》{深入}。这看起来是一本很旧的书了，拥有者应该是很喜欢，已经被翻阅得卷了边。

你忽然闪过一个念头，难道，这诗是为咏琴？

翻开此书，上面有一行话被人用笔细细勾画过{深入}。

你一边看这句话，一边拿起诗集对照看起来。

半晌，你猛然发现这诗中间的二三句，与这四个字竟是一一对应。

你若有所思地合上书，继续看向一旁上锁的柜子。

你蹲下身正要研究怎么开锁，却发现那锁并未合上。打开柜门，里面装的是一本日记。

公元 829 年 4 月

我搬家到了洛阳，偶然结识了白居易、令狐楚等前辈。令狐楚十分欣赏我的文采，似乎很是器重我，让我与其子令狐绹等人交游。不仅如此，甚至亲自授我今体章奏之学。

感激涕零，师恩似海，无以为报！

公元 830 年 9 月

我终日用功读书，却次次落榜，而令狐绹竟早已考中进士。并不是因为我成绩不如他，而是在这考场中权贵们互相提携，大量录取上流社会关系网中的考生。像我这等背后无权势的，真是步步艰辛。

公元 837 年 8 月

我得中进士了。

得知这个消息的我并没有想象中那么开心。虽然我清楚自己的能力在众人之上，可这次得中很大程度是因为令狐绹的延誉。权贵们的三两句话，便抵得上一个普通人半生的血汗拼搏。

哎……也许我并不适合这里。

公元 838 年 4 月

南山的花开得正艳。

我结婚了，妻子王氏年方二八，温柔善良。每每回到家中，她都会弹瑟给我听。

若能一直过这样的日子，我便满足了。

公元 838 年 5 月

前几日我去参加授官考试。今天得到消息，我在复审中被除名了。

其实我早知道惹到他们会是这个结果。因为我岳父王茂元与李德裕交好，所以我便被认为归顺了“牛党”。而我的恩师令狐楚他们却是“李党”。我真的搞不懂官场这些事……我只想安安静静去做个好官。

公元 846 年 8 月

今日我无比高兴，我有儿子了！我的堂弟也中了进士，真是双喜临门！我要好好痛饮几杯！

公元851年11月

南山的花落了。

她也不在了。

看过日记，你不禁叹了口气，愈发同情起李商隐来。

3

检查完两个柜子，你来到屋里最后一个角落。

那是一把藤椅，旁边还放着一个小藤桌，李商隐应该是常坐在这里饮茶休憩，地上有一个小纸团{深入}。

小桌上放着一封信。

你拿起信，这信似乎刚刚写好，并未有落款，也未有收信人，字迹行云流水，矫若惊龙。

说到底我不过是个读书人。

想着用功读书考取功名，天下为己任，想着“致君尧舜上，再使风俗淳”。

令狐楚是我的恩师，我一生敬重感激他。可只因我娶了王茂林的女儿，得了他的赏识，便被唾骂背信弃义，被处处刁难。

我不懂那些党派斗争，也不清楚权贵的利益纠葛，我只知道我想做个好官，为国家奉献一切。

所以我考上进士时，写了《行次西郊作一百韵》。

一百行，整整一百行，我怀了一腔的热血。

“五里一换马，十里一开筵……生分作死誓，挥泪连秋云……我愿为此事，君前剖心肝……”

我从河南到陕西去，一路上我看见由于干旱而民不聊生，田间荒芜。

我看见年轻人被征军入伍，老人挥着泪告别，知道他们此去无还……

国家已经在危难中，为什么要让宦官当政，让小人做尚书，弄一个不成才的人做将军？

为了挽救我们的国家，我愿意把心肝都剖出来奉献一切，愿意在朝廷之上把头都磕破，流出鲜血。

如今我孑然一身在这陋室里，回顾我的一生。

年华已逝，前尘欢戚。悲喜怨痴，恍然如梦。

我只能把它们化成残缺缥缈的诗，化作一缕烟，一阵风。

和南山尽头，一声深沉的叹息。

你放下信纸，突然发现一角有淡淡的水迹，似乎是泪痕。

你正疑惑这封信是写给谁的，突然身后传来开门声。

你慌张地放下信回转过头，只见一穿着素袍的男子站在门口，鼻梁高挺，眸子狭长，和画像上一模一样。

身后的斜阳金黄，他站在逆光的阴影里，眼神清澈而忧郁。

你瞬时不知如何开口，木然站在原地。

他却微微侧头，开口问道：“破解了吗？”声音干净温柔。

半晌，你点点头。

他笑：“那便好。”

4

经过你的一番探究，你认为李商隐无题之谜的谜底是 ________。

A. 怀人，怀念青衣锦瑟

B. 咏瑟，一篇之中曲尽其意

C. 悼亡，怀念妻子王氏

D. 追忆，人生情景的朦胧感受

答案

A. 将锦瑟解释为是令狐楚家的婢女，这种说法并无根据，只为世人臆想。

B. 虽然本诗的二三句与适、怨、清、和四种音调完美匹配，但这样一来最后一句“此情可待成追忆，只是当时已惘然”完全不通，有穿凿附会之嫌。

C. 从日记的年份推算可知，王氏过世的年纪并不是 25 岁。

D. 正确 本诗的开篇便点明了谜底——“无端”。全诗描述的不是具体的某人某事，而是一种没由来的、朦胧的感受。是追忆人生时，悲欢交织，五味杂陈的笼统体现。由于这种感受无法用某个准确的词进行描写，于是只能通过几种意象，用一种意识流的方式，将丰富的心境和多重的情感融合其间。

◂ 返回上级

肆

叁

贰

壹

诗酒风流

进入关卡 ▸

Chapter

叁

Three

解锁角色

王昌龄

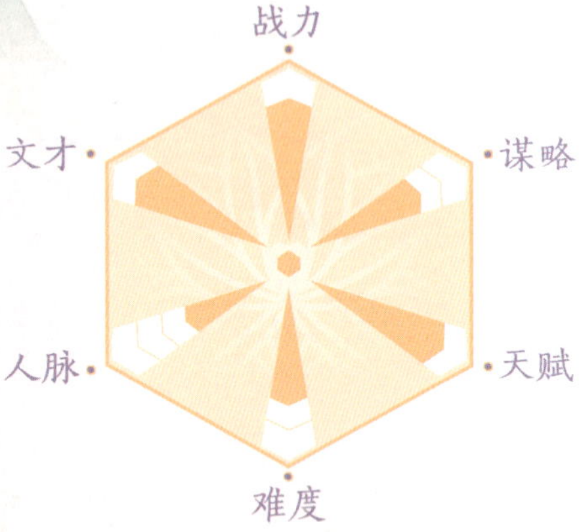

开始游戏 ▸

任务一

圆梦旅途

任务等级 C

人物资料：黄沙百战穿金甲

文 / 明戈

1

残阳如幕。

层层叠叠的浓云翻滚，北面的祁连山在阴影里若隐若现，不甚分明。

西边是一座孤城，而孤城再往西便是玉门关。

大战在即，景色都暗淡压抑起来。

忽然，马蹄声响起。

身着金色铠甲的将士们骑着战马一往无前地冲向远方战场，激昂壮烈。

战鼓声宛如雷鸣，旌旗猎猎，剑戟铮铮。

沙尘弥漫中，队伍里传出一道男声。

那是个眉目俊秀的男子，声线干净，字字铿锵。

“三面黄金甲，单于破胆还！”

2

男子叫王昌龄，这是他到边塞从军这么久以来第一次上战场。

他一直以来都是以笔为剑，将士们不想他直面敌人，太残酷。

可即使这样，王昌龄还是感受到半点战争的残忍。

前一天还想念妻子儿女的老乡，第二天便战死沙场。

平日里常多分给他干粮的老大哥，某日名字赫然出现在了讣告栏。

晚饭还一起聊天的朋友隔天才知是最后一面……

终于有一天，王昌龄和将士们说：“我想上战场。”

“刀剑无眼，一不留神你就没了。你还是在营中好好作诗吧。”

王昌龄摇摇头：“我不怕。身为战士，却未上阵杀过敌，简直是笑话。”

他眼神坚定，似有深潭。

“明敕星驰封宝剑，辞君一夜取楼兰。”

3

一场大战告捷后，将士们围着篝火庆祝，大家喝酒聊天。

“听说了吗，朝廷新委任了个毫无才能的将军。”

“那咱们还能打胜仗吗？”

王昌龄听着旁边两个士兵的对话，骨节分明的手握紧了酒杯，皱着眉头一饮而尽。

“哎，你们会写诗的是不是都爱喝酒啊？”左边士兵又递过来一壶，笑着问。

“怎讲？”

“听说蜀地有个字太白的，写得一手好诗，也特别爱喝酒。”

他并未注意士兵说什么，琵琶声扰得他心绪烦乱。

秋夜的月亮挂在天上，月光映得长城莹亮，景色美不胜收。

可他满心都是那无能将军，忧愁着无辜将士的性命。

“撩乱边愁听不尽，高高秋月照长城。”

4

果不其然，之后的几场战役，由于将领指挥不利，他们连连败退。

面对来犯的敌人，战士们死命守住国家疆土，奋勇抗敌，可还是无能为力。

残阳似血，羌笛如诉。

王昌龄看着一具具被抬回的将士尸体，泪流满面。

塞外的风混着风沙，将他的脸割得生疼。

他忽然明白，朝廷选将无能，除非自己去科考为官，否则在这里毫无用处。

他整理好行囊，与剩下的战士们告别，然后骑上战马，奔往都城。

王昌龄棱角分明的脸上满是坚定，身影迎着落日，那是被将士鲜血染红的夕阳。

悲愤的声音响彻大漠。

“但使龙城飞将在，不教胡马度阴山！”

5

王昌龄没想到的是，从他决心投入官场这一刻起，他悲苦的后半生便拉开了帷幕。

为了这次科考顺利，他挑灯夜读，全力备战。

两年后，他进士及第，却只当上了一个秘书省校书郎，每天需要在待在图书馆里校订古书典籍。

不过王昌龄正好借此机会开始大量阅读，不断学习。

终于，在开元二十二年他以超乎常人的成绩考入了博学鸿词科，改任汜水县尉。

王昌龄正开心自己离目标越来越近，可他忘记了一件事。

官场不是战场，没有人真刀真枪地正面相搏，所有斗争都是在人们看不见的背后。不知道什么时候，你无意之中得罪的人便会狠狠地扎你一刀。

当时奸臣李林甫处处排挤贤相张九龄，企图赶尽朝廷内的正义之士。作为一个在边塞战争中熏陶出来的人，王昌龄耿直磊落无比，见状立刻抨击李林甫，并对张九龄深表同情。

此举立刻得罪了李林甫一行人。他们用了点手腕，将王昌龄贬到烟瘴之地岭南。

面对他们滔天的权势，王昌龄根本无力反抗，只得将愁绪化成一首首细腻的闺怨。

“真成薄命久寻思，梦见君王觉后疑。”

6

不过幸运的是，正是因为王昌龄此次被贬，他才认识了一群今生最好的朋友。

王昌龄行至岳阳洞庭湖时，他遇到了战友口中“爱喝酒的诗人”——李白。

二人惺惺相惜，一见如故，在洞庭湖边的酒楼大醉了一场，王昌龄只觉遇到了此生的知己。

天下没有不散的宴席，李白泛舟离去，王昌龄难掩离别之情，当即写下一首《巴陵送李十二》。

命运似乎对王昌龄苛刻得很，他认识了一位新朋友，便要夺走他的一位旧友。

在他前去拜访孟浩然时，孟浩然身体抱恙，医生叮嘱不能吃发物。可孟浩然见到好友实在太过开心，饮酒吃菜忘了医嘱，于是没出几日，便与世长辞。

这对王昌龄无疑是个巨大的打击，他陷入了深深的自责和歉意之中。

天下大赦，他在北上的路上遇到岑参、辛渐等志同道合的伙伴，心情才逐渐变好。

王昌龄回到京城后，又被调任为江宁丞。

经过此番波折，王昌龄知晓了这官场原来处处是沼泽。

又是一个月圆的秋夜，他坐在院里同辛渐饮酒。

“接下来如何？”辛渐问。

接下来……

为了生存下去，难道要同流合污吗？他也不禁问自己。

忽然院里传来一阵羌笛声，王昌龄瞬间回忆起戍边的日子。

干净，简单，一腔热血……

他饮尽杯中的酒，开口道。

“洛阳亲友如相问，一片冰心在玉壶。”

7

王昌龄已经知道自己的性格在官场不可能有大作为。可他还是倔强地保持着自己心中天地的纯净，不肯退让。

于是八年后，他再次被贬。

这时他除了摇头嗤笑，已经无法做什么了。

朝廷想把他贬去哪里，他也觉得毫无所谓了。

“反正都是一次次被贬，有本事你们选的地方再艰苦些啊！”

可在这些看似无所谓的掩饰背后，他每每想起自己当初的铮铮誓言与踌躇壮志，便觉得对不起那个在边关骑着战马驰骋的少年。

现在对他来说，唯一的慰藉便是当年的那些朋友们了。

在启程去龙标前，他收到了许多好友关切的信，其中就有太白的。

“我寄愁心与明月，随风直到夜郎西。”

8

王昌龄在龙标又待了八年。

经过半生漫长的贬谪，他终于可以辞官还乡了。

还乡的路上，他还高兴地想着可以再和好友们聚上一聚，大醉一场。

可途径亳州时，刺史闾丘晓却因为嫉妒王昌龄的才华，将他残忍杀害。

王昌龄的生命戛然而止，没有一点点预兆。

这位七绝圣手在最后一刻想的会是什么？

是未完成的报国之志吗？抑或是和朋友阴阳相隔之憾？

没有人知道。

风声铮铮，黄沙漫漫。

夕阳下，站着位身着金甲的男子。

眉眼英俊，手握佩剑望向边关方向。

身后响起将士们的马蹄声，他翻身上马，加入大军。

而后大喝一声。

其声如穿云箭，横亘寰宇，震彻八方。

震得天地一片肃杀清明，震得蛀国污吏耳膜都滴出血来。

“黄沙百战穿金甲，不破楼兰终不还！”

任务背景：开元年间，半生愁苦的王昌龄重见老友孟浩然，并结识了李白，岑参等同道挚友，度过了他人生中最快乐的一段日子。可惜不久之后老友突然病发离开人世，王昌龄又接二连三被贬，直至归乡途中被小人害死，都未能再与好友团聚。

任务目标：穿越回当时，完成王昌龄与好友团聚的心愿。

本次背包物品：月光宝盒 ×1　羌笛 ×1

执行人：特工 89757

文 / 明戈

开始任务 ▸

1

你知道他喜欢在月夜的湖边坐着。

旁人都不同他讲话，他也不同那些人讲。

他就只是孑然一身坐在抽了新枝的柳树下，时而看看泛起涟漪的湖面，时而抬头看看月亮，看看南边的斗牛星。

你赶到时，他果然坐在那里。

春来乍暖还寒，他穿得却很单薄，只是一件淡藕色的单衣。

今晚的月亮很圆，皎白的月光肆意从他的头顶洒下，映得周身都泛了层柔柔的光，像画一般。

你静静看了许久，才舍得走过去，轻声唤了句。

“王昌龄。”

他听到你的声音，微微愣了一下。

“姑娘何事？”

你走过去，在他身边坐下来：“你想再见到朋友们吗？”

王昌龄温柔地笑起来：“当然。”

“我有办法让你重新见到他们，再一起饮酒谈天。”

他眼中分明划过一丝喜悦，却又摇摇头：“怎么可能，我们天各一方，况且浩然兄早已……”

王昌龄的眼角突然有些湿润，他急急地低下头去，不再言语。

面对这样的王昌龄，你选择 ______。

A. 拿出月光宝盒 跳转5

B. 陪他聊天开导他 跳转8

2

能够目睹两个诗坛巨星相遇，这种画面你断不可能错过。

你们撩开门帘，只见李白正独自一人饮酒。

王昌龄笑着坐到对面，径直开口："为何独酌？"

李白愣了一下，回道："无对饮之人。"

王昌龄没说话，拿起酒杯一饮而尽。

李白大笑一声："兄台好生豪爽，敢问尊姓大名？"

"王昌龄。"

"你就是那个七绝圣手？久仰久仰。"李白神色惊喜起来。

王昌龄一拱手："不比酒中诗仙。"

二人在这推杯换盏间高声畅谈，好不快活。你一边饮酒，一边看着王昌龄，他神色里都是笑意，和在湖边寂寞吹风时截然不同，眉眼都鲜活起来。

"今日结识王兄实在开心，我这随身的玉佩，就赠予你吧！"李白明显已有醉意，眯着眼将玉佩递了过去。

王昌龄拿过来开心地看了看，却摇摇头，又还给了李白。

"太白送过我更贵重的东西。"

你不禁疑惑是什么贵重之物。

"是吗？"李白扶着额，闭眼思索了半天，而后竟直接睡着了。

王昌龄拿起酒杯浅酌了一口，望向窗外皎洁的月亮，嘴里喃喃道："我寄愁心与明月，随风直到夜郎西。"

"谢谢你的月亮。"

跳转10

3

"好。"你点点头。

王昌龄突然笑了，笑得那样轻松纯真，仿佛一个得到了糖的孩子。

你知道，他想改变历史。

当年孟浩然因为他的来访高兴得不得了，不顾患病的身体大摆筵席，与王昌龄饮酒吃鱼，丝毫不管医生的忌口嘱托。

结果那条查头鳊导致了背疮复发，与王昌龄告别不久后，他便离开了人世。

所以他故意前来，又放弃此生再见到孟浩然的唯一机会，目的就是想让自己的挚友能够好好活下去。

你看他笑得那样开心，实在不忍心告诉他事实。

——由于一些原因，历史没法改变。

你宁愿他被蒙在鼓里，卸掉一身重担离开。

于是你陪他静静坐在院子外，看着天上繁密的星子，听他说他们之间的趣事。

风吹来，落叶簌簌作响。

一同讲述着他们的好时光，他们的梦一场。

达成结局

·任务失败·

林中呓语

4

你蹲在门外，又放心不下，便时常往里面偷瞄。

由于你没有消费，又行迹可疑，酒楼老板便将你抓了起来，一直关到第二天中午。

等你跑出来寻找，可哪里还有王昌龄的踪迹。

达成结局

·任务失败·

错失良机

5

“呐，有这个东西，你们便可以重聚。”

“这是？”王昌龄疑惑地看向月光宝盒。

你解释道：“这个东西可以帮助你穿越到你想回到的任何一天。”

王昌龄惊讶地挑了挑眉：“这是道家法宝吗？”

你笑起来：“如果你这样想也可以。”

王昌龄想了想，道：“那麻烦姑娘带我回到见李白那一日。”

“好。”

岳阳正值盛夏，空气中带着闷热的气息。窗外的天早已黑透，路上行人如织，酒楼里觥筹交错，热闹无比。

王昌龄带着你穿过一楼拥挤的人群，轻车熟路地走向二楼的一个雅间，熟悉得仿佛这条路在梦里已经走过几百遍。

这时你选择 ______。

A. 随他进去 跳转2

B. 在外面等待 跳转4

6

你看着他犹豫的样子，知道他是怕自己的拜访会导致悲剧再次发生。

你走到他面前解释道：“不管你进不进去，历史都不会改变的，所以还是进去见他最后一次吧。”

“真的不会改变吗？”他抬首错愕。

你点点头。

他无奈地叹了一口气，而后抬手敲门。

下人开了门，他迈进院内走向孟浩然的卧房，脚步急迫又沉重。

孟浩然听见下人通报，也急急地撩开门帘迎了出来，面上虽苍白却满是欣喜。

“少伯你怎么来了？快快进来！”

王昌龄见状赶紧搀住他，语气带着埋怨：“晚间外面凉，你出来干吗？”

“不碍事不碍事，我的病都快好了。”

你跟着他们走进屋内。

只见孟浩然高兴地通知下人：“快去准备好酒好菜！少伯远道来访，我要好好尽地主之谊！”

王昌龄连忙道：“大可不必！我们吃茶聊天便可。”

“那怎么行，你来看我，我怎能不好好招待呢？”孟浩然很坚决。

王昌龄婉拒不过，只好顺从。

不过一个时辰，酒菜便已上桌，你作为王昌龄的同行友人也被邀请入席。

王昌龄虽欣喜见到朋友，可脸上还是有藏不住的担忧。

“少伯，你是因被贬官心情不佳吗？”孟浩然一边往碗里夹了块鱼肉一边关切地问。

王昌龄根本没听见孟浩然问什么，他的眼睛一直定定地看着孟浩然的筷子，眉毛拧成了个疙瘩。

“咳咳。”你咳嗽了两声。

“呃……嗯，是的。”王昌龄慌乱地随口答道。

孟浩然叹了一口气，放下筷子：“那岭南是烟瘴之地，你此次一行，路途遥远，切记要保重身体。而且岭南穿衣也无丝麻，不过那里的查头鱼倒是十分鲜美……”孟浩然体力已明显不支，却还在唠唠叨叨地叮嘱着，把知道的东西事无巨细说了个遍。

王昌龄听着听着便红了眼眶，手上还不忘夹走孟浩然碗里的鱼。

你坐在一旁，心中像被细而小的针刺着。

一个是不顾自己的健康关切好友，一个是明明知道结果还在不死心地做着努力。

你只觉这份友谊太过沉重太过悲伤，甚至压得人透不过气来。

于是你起身来到外面，缓和一下情绪。

等你再回到屋里时，发现两个人都已经醉倒，孟浩然嘴里还在念叨："意气今何在，相思望斗牛。"

你知道，若王昌龄在穿越的情况下睡着一段时间，那灵魂便会就此一睡不醒。

可若是叫醒他……

面对两难，你选择 ______。

A. 不叫醒 跳转9

B. 用羌笛叫醒 跳转7

7

你见王昌龄还未完全睡熟，便走到院中，拿出羌笛吹起来。

笛声一起，哀婉凄切，幽怨悲凉，响彻夜空。

只一会儿，王昌龄果然从屋内走出来，似乎已酒醒。

"我仿佛听到了边塞之音，更吹羌笛关山月，这声音实在让人清醒。"

你收起笛子，看向微微泛白的天边，问道："你的心愿实现了吗？"

王昌龄笑了一下，点点头。

"谢谢姑娘。"

你松了一口气："那就好。"

东方的鱼肚白越来越明显，林间已有鸟偶尔扑棱棱飞过。

"我们何时回去？"王昌龄回身望你。

你滞住了，半晌没有回答。

正当王昌龄想再问你，却发现自己的身体正在变得透明。

"这……这是怎么回事？"他惊恐地看向自己已经半透明的手。

你犹豫再三，终于深吸一口气，抬头看向王昌龄。

"其实你早已……"

"一年前，你途径亳州时，就为亳州刺史所杀害。"

王昌龄愣住了，而后幡然醒悟。

“我记起来了……”

“没错，我早就……”

你点点头，继续道：“因为你心中一直对他们思念过甚，才会不肯离去。这也是为什么我每次只能在夜晚带你穿越。”

语毕，你以为他会崩溃不能接受，或者黯然流泪。没想到他竟是扬起嘴角粲然一笑。

“谢谢你。见到他们我很开心。”

“原来我一直在等着这一天……如今我可以安心离开了。”

“若来世再见，希望我们可同骑竹马共嗅梅香。”

“即便不能……”

王昌龄仰起脸，漂亮的眸子望向天空。

“我也有他们送我的星辰与月亮。”

结局【风中星月】

注意：若有穿越通行证，可 跳转11

8

你看到王昌龄这么难过，不由觉得心里某个地方被触动了，于是你开始陪他聊天开导他。

湖水在月光下闪着银亮的光，正如他的眸子。

他似乎许久未和人聊天了，抑或是你讲话太过有趣，你们一直聊到东方露白。

当你回身从背包里拿出月光宝盒，打算告诉他关于穿越的事时，只这一个转身的时间，他竟然已经不见了。

你错愕地呆在原地，才想起来你犯了一个大错误。

达成结局

·任务失败·

过时不候

9

就这样睡过去吧。

你看着他安静的睡颜，轻轻关上门离开。

忘记那些后悔与悲痛，随便做一个梦，什么都好。恬静的、温柔的、塞上风沙的、竹楼轩窗的……

即使你会彻底消失。

可只要有人记挂你，消失就不是消亡。

达成结局

·任务完成·

大梦一场

10

王昌龄拉着你走出雅间，来到大街上。

现在已是深夜，大街上几乎没有行人。晚风有点凉，你的醉意醒了大半。刚才两个绝代诗人在你面前对酒吟诗，仿佛是场梦一般。

“下一个想去见谁？”

“浩然兄吧。”王昌龄低着头，风轻轻地撩起他鬓角的碎发，你看不清他的表情。

“好。”你点点头。

转瞬间，你们便来到了孟浩然的宅院。

这是襄阳的郊外，正值深秋，月光冷冷地洒下来，幽静无比。

“和记忆里真是一模一样。”王昌龄环顾四周，淡淡笑着。

可半晌过后，他只是站在院外隔着篱笆遥遥望着孟浩然的屋子，丝毫没有敲门的意味。

“不进去吗？”

“不了。”

王昌龄语气坚定，眼睛却分明盛满犹豫。

“真的不进去吗？”你再次问道。

王昌龄的袖子动了一下，似乎欲伸手敲门，可只一瞬间又放了下来。

“还是……不了。”他低声道，语气尽是不舍。

你突然明白了他不去的原因，于是你选择 ______。

A. 和他解释一下 跳转6

B. 答应他的请求 跳转3

11

你完成任务，回到了现实。

可刚才的经历总像一块大石头一样堵在你的胸口，让你透不过气。

于是你按照刚才的年份，在系统中往后推算了一下，然后设定了新的穿越时间，拿上通行证，重新进入了系统。

你回到了遇见王昌龄的湖边。

现在正值仲夏，太阳高高地悬在天上，天空蓝得宛如水洗。

水面波光粼粼，偶有几只鸭子游过，空气中满是青梅成熟的味道。

三个小孩骑着竹马嬉笑跑过，其中一个小男孩经过你后却忽然停住了。

他回过身歪头看你，圆圆的眼睛里满是疑惑。

“姐姐我见过你吗？”他问道。

还未等你回答，另两个小孩催促着："少伯，快走啦，我们去那边玩。"

"好，我这就来。"

他脸上扬起笑容，回头朝你摆摆手，欢快地骑着竹马跑开了。

结局【来世之约】

解锁角色
陶渊明
战力
谋略
天赋
难度
人脉
文才
开始游戏

任务二

寻找桃花源

任务等级 C

人物线索：隐居入仕，反复横跳

文 / 拂罗

答案易知，过程难。各位特工，请谨慎答题！

东晋是个什么样的朝代？

俗话说，三国之后有两晋。

西晋在前：曹魏辛辛苦苦灭掉了孙刘，独称霸王，万万没想到，自己的政权也很快被司马家给篡了去，建立了晋朝，也叫西晋。

东晋在后：在经历了“八王之乱”与“永嘉之祸”后，又在公元 316 年被匈奴给了一记暴击，西晋亡了。公元 317 年司马睿率皇族“衣冠南渡”成立了东晋，一直支撑到公元 420 年刘裕造反，东晋灭亡，开启南北朝时期。

这段历史简直就是稀碎稀碎的：东晋内部贵族不断搞分裂，北方又有五胡十六国虎视眈眈，诸国如同大鱼吃小鱼。

文化方面嘛，外族入侵举国动荡，儒家尊大的地位首次被打破，佛家道家趁机崛起，也是神仙打架。

国家黑暗动荡，朝代迅速更迭，旧臣哭声不止，新的朝代已经开始。于是晋朝涌现出一批远离世俗的隐士，以“竹林七贤”为首，任乱世狂风四起，我自逍遥此间。

一晃就到了东晋末期，我们都熟悉的隐士陶潜出生了，因为隐居时宅子旁边有五棵柳树，也自号“五柳先生”①。

陶渊明是什么样的人？

隐士、淡泊、悠然、喜欢种田然而不太擅长的样子……

①《五柳先生传》：宅边有五柳树，因以为号焉。

以上这些形容词，多是指四十岁以后的陶渊明，写下“采菊东篱下，悠然见南山”[1]之句，彻底开启了退隐青山生活的陶渊明，布衣素履，信步山中，身在乱世之外，悠然恬淡。

其实，用淡泊来形容他的一生，似乎也是不太确切的。

陶渊明如何形容自己年轻时？

有“少学琴书，偶爱闲静”[2]。

一个安安静静的少年，最爱抚琴读书，爱在树荫下听鸟鸣，便觉得怡然自得，此间悠然。

他的外祖父孟嘉是著名的文士，少年陶潜受到良好的思想熏陶，称自己性本爱丘山，也就是热爱大自然。

可别忘了还有“猛志逸四海，骞翮思远翥”[3]。

我们可能听说过远志、大志，但陶渊明直接甩了个字：猛！如果要他自画像的话，你大概能看到一个荆轲般的汉子，威武雄壮像风一样。

你不信？有诗为证“君子死知己，提剑出燕京。素骥鸣广陌，慷慨送我行”[4]。

外表恬淡像柳一样的安静美男子，你只看见他抚琴饮酒，殊不知，他内心可能住着个高大的猛汉，正仗剑天涯。

咳，人对自己的形象认知多少都有些偏差。

“有猛志”的陶渊明，八岁时父亲去世，十二岁时庶母又去世，从此家道中落。他在二十岁最贫困的时候踏入官场，沉浮近十年，后来回忆这段时日的时候，表示他并不开心。

他说“似为饥所驱”：我当这个官，只是为了填饱肚子而已。

还说“息驾归闲居”：总有一日，我要弃官隐居，葬我于青山吧！

陶渊明虽然辞了官，但在田园短暂小住后，又赶赴江州做了祭酒——眼看自己才而立之年，总不能这么年轻就养老吧？二十九岁的陶渊明矛盾地想。

---

①《饮酒》。
②《与子俨等疏》。
③《杂诗》。
④《咏荆轲》。

毕竟他祖上可是寒门出身的名将陶侃啊。

这次从任职到再辞职，为期多久？仅仅两个月，理由很简单，上司无能。

当时五斗米道歪风盛行，他这位上司就是个虔诚的教众，后来叛军孙恩兵临城下，这位上司采取了“不抵抗，借鬼兵”的玄学方法，使得己方全军覆没，气得自己夫人抽刀出门，手刃数人，凛然被俘[①]。

——这位上司就是王羲之的次子，王凝之。

而王凝之的老婆就是知名才女谢道韫，她曾叹气：“天壤之中，乃有王郎！”

天地之间，居然出了你这么个货色！

陶渊明离职的第二个潜在理由：世仇。

旧时王谢堂前燕，飞入寻常百姓家。王谢，指的是六朝望族琅琊王氏和陈郡谢氏。王凝之的祖上叫王敦，和陶渊明的祖上陶侃水火不容，结过世仇。

陶渊明离职的第三个潜在理由：失望。

这不是我想要的生活。

州里后来又请他当主簿：“给你升官，你来吧。”

陶渊明：“不去。”

陶渊明这一生都在归隐和入仕间反复抉择，公元398年左右，他先后加入过桓玄、刘裕麾下当幕僚，却又在几年后离职隐居。

这次的上司可不是王凝之啊。

桓玄篡晋建楚，而刘裕气吞万里，直接了结了东晋。

而且刘裕这个人很器重陶渊明，陶渊明曾守孝三年又回来做官，刘裕欣然给了个他参军的职位。

那么，陶渊明为什么还要离开刘裕？

①《晋书》：会稽内史王凝之，羲之之子也，世奉天师道，不出兵，亦不设备，日于道室稽颡跪咒。官属请出兵讨恩，凝之曰：“我已请大道，借鬼兵守诸津要，各数万，贼不足忧也。”

除了让他疲惫至极的往来应酬，更让他心情沉重的原因是：他祖上陶侃是东晋官员，如今他却在推翻东晋的刘裕手下做事，文人风骨让他痛苦矛盾，甚至为自己感到耻辱①。

有个词叫画地为牢，自己与自己苦苦周旋。

陶渊明在犹豫与挣扎之间，矛盾不已。

既爱丘山，又心怀抱负，这就是陶渊明前半生的写照，有才华的人任性叫真性情，没才华的人任性就只是作死。和他相处过的官员都表示："他具有较强的自我意识，较差的组织协作能力。"

他似乎一直都是淡淡的，是个自然的安静美男子，然而每次他干出的事儿都洒脱奔放，让人印象深刻。

有一次，陶渊明正酿酒，恰逢郡将来拜访，陶渊明顺手摘下头巾过滤杂质，过滤完又戴回去，然后淡然招待人家喝酒②。

郡将内心嘀咕："怎么回事，这酒我喝是不喝？"

陶渊明在浔阳隐居的时候，朋友颜延之曾留下二万钱给他，陶渊明干脆把钱全寄放在酒家，方便随时去喝酒。有其他朋友来找他喝酒，酒过三巡，陶渊明喝醉想睡觉，便坦然对客人们道："渊明酒醉想睡了，诸位且回吧。"

后来，李白就曾化用写下过"我醉欲眠卿且去，明朝有意抱琴来"。

陶渊明还有一张与众不同的琴，没有装饰，没有琴弦，他时常拿着这琴抚弄，拟作弹琴，怡然自得。

够洒脱。

想象一下，洒脱的天才陶渊明踏入官场，不得不朝他人低头，被差遣得团团转，浑身难受。

四十不惑，陶渊明逐渐走上了解答"不惑"的路，他此生都在寻求一个答案，自己的理想是什么？在四十岁那年，随着一声"不为五斗米折腰"的愤慨，

①《宋书·隐逸传·陶潜》：自以曾祖晋世宰辅，耻复屈身后代;自高祖王业渐隆，不复肯仕。
②《陶渊明传》：陶渊明嗜酒，"郡将尝候之，值其酿热，取头上葛巾漉酒，漉毕，还复著之"。

疑惑终于豁然解开。

公元405年的八月，为了生计，四十岁的陶渊明出任彭泽县令。

某日，来了一位官职不高架子却大的督邮，刚来彭泽就遣陶渊明来拜见自己，陶渊明叹口气，刚要上马，被县吏拦下："这督邮事儿多，大人最好穿上官袍，束上大带，规规矩矩去见他，不然督邮肯定趁机进谗言，恐对大人不利啊！"

区区乡里督邮，竟逞威风狂妄至此！

陶渊明心中悲凉，为自己，为天下。

又想起信奉五斗米道的王凝之来，官员愚昧，民不聊生……他一声长叹："我不能为五斗米折腰向乡里小人！"

遂解下官印，拂袖离去。

从怪圈中跳出去的方法，便是回归他所熟悉所热爱的丘山。

仅仅当了三个月的县令，陶渊明便作《归去来兮辞》，毅然辞官，实现了真正的归园田居，再未当官。

我周旋已久，宁作"我"。

陶渊明终于在这场漫长的困局里赢了自己。

一晃到了公元427年，名将檀道济慕名来劝陶渊明入仕，再次被陶渊明拒绝，所赠心意也分文未收。

悟已往之不谏，知来者之可追。实迷途其未远，觉今是而昨非。

——过去的错误已不可挽回，前路未发生的事尚可追救。我曾误入迷途，所幸不算太远，如今才觉悟眼下的决定才是最正确的啊。

久在樊笼里，复得返自然。

这是陶渊明最自由的一段时期，天地赋予他无穷的灵感，他创作出《归园田居》《桃花源记》等作品，描绘出心中向往的理想国。

同年，陶渊明卒于浔阳，后世称"陶靖节"。

误入尘网中，一去三十年。好在，迷路在人世的游子，终究回到了自然的怀抱。
陶渊明缓缓地闭上眼，他知道，自己这一次终于彻底归于青山，活懂了自己。

已矣乎！寓形宇内复几时？曷不委心任去留？
他终于跳出了自己的怪圈。

任务对象：陶潜　朝代：东晋

任务背景：西晋司马睿南迁后建立的东晋，与北方五胡十六国并存，政权更迭频繁。多年后被刘裕起兵推翻，公元420年正式进入南北朝时期。

任务目标：帮助任务对象实现理想

执行人：特工89757

文／拂罗

开始任务 ▸

他偏爱五六月中的好时节，树木交荫，凉风暂至，若逢文友来访，共饮美酒，自是人间幸事。

只有隐居，乱世才统统与他无关，能让他化作院前某一棵柳树。

醉意渐深，他的指尖悠悠抚上光滑的琴面，拟作勾弦模样，好似真有琴弦颤动，徐徐绕梁。

为何俗世浮现心头？

山外尚乱，国事不宁……

琴弦微停，好友醉笑："渊明兄，你心中有国，便不得安啊。"

他微笑摇头，目光悠远，再将酒盏捧起，一饮而尽。

1

出师不利。

你气喘吁吁地穿梭在林中，一支流箭险险擦着后腿划过，不知奔命多久，狂追你的猎户才终于没了身影。

你晃晃悠悠停下，后腿划了道不浅的血口。

——听说陶渊明隐居在此，本想着变作个狐狸寻迹找人，不料刚上山就被猎户给狂追了一通，连变回人形的机会都没有，真是耻辱啊。

山色空蒙，晨雾薄薄，有人走来。

是谁？！

你视线渐暗。

男子约莫三十，青衫大袖戴斗笠，背着药筐，似仙人踏雾而来。

你警惕抬头，看清那人斗笠下一双宁静黑眸，容色秀逸似明月皎皎，唇角微扬，徐徐展出光风霁月般的恬淡："受伤了？"

你眼前一黑，再醒时已身处竹屋，后腿被涂了药包扎好。

任务要紧，你忍着痛跳下竹席，环顾四周：这屋里一派简洁，只有桌椅笔墨而已，最多的东西便是堆积的书籍，角落里放着一张奇怪的古琴，无装饰无琴弦。

你想了想_____。

A. 他就是陶潜？ 跳转4

B. 看不出他是陶潜 跳转5

2

你从课本里学过，他这么出名的隐士，必定心念隐居。

你笃定地点点头："我觉得……你现在的生活就很好。"

陶潜静静地望过来，半晌，他轻轻一笑："有道理，那祭酒的公职，渊明还是推辞吧。"

你分明读出了些许寂寞。

莫非……你还是没有读懂他？

为何任务还迟迟未完成？难道判断有误？

跳转7

3

某日陶潜采药归来，你大大方方在他眼前化作人形，笑道："我就是这些日你救的狐狸，多谢你的照顾……"

陶渊明垂目放下药筐："举手之劳，不足道谢。"

方才……分明从他眼中看到一丝丝失望？

"既然你伤已愈，渊明便不留你了。"还没等你说出目的，陶潜便淡淡开口，"下山留意些。"

这人难道更喜欢毛茸茸的小动物？！

你目瞪口呆。

早听说陶潜性子随意，倒也不必随意到这个程度吧！

你郁闷地走出屋舍。

系统提示：任务失败，请重试！

结局【不必言谢】

4

无弦琴！

真是踏破铁鞋无觅处，你心中大喜，不慎又牵扯了伤口，疼得直咧嘴——就算他不是陶潜，你这伤也实在行动不了。

既然已经找到目标，你松了口气，继续装狐狸趴着睡懒觉。不多时，青衫男子再次踏月而归，原来他是给你采止血药去了。

他给你换药，你疼得抽气。

“怎么跑去山下了？”男子嗓音温柔，轻声道，“山下有许多猎户。”

这人……对一只走兽也如此温柔吗？

你抬头，见他眉似远山，眼含春波，疼痛竟神奇地轻了不少。

腿伤一日日好转起来。

更让人苦恼的问题摆在你眼前：如何自然地开口说话呢？

怎么想都很惊悚吧？说不定还会被当作吃人的妖怪。

你大体摸清陶潜的隐居生活：他晨起给你换药，用过早膳再侍弄后院花草，日子闲散得很，午后有时临窗读书，有时在院中抚琴，有时则出门采药。

偶尔二三好友来访，陶潜饮酒到困意浓重时，便遣客人离去，自己倒头便睡。

他此时应是二十九岁，刚结束“似为饥所驱”的生涯，赋闲在家，还未出任江州祭酒一职，在超脱与入仕间摇摆不定。

得开口问他的具体愿望。

要怎么表达自己不是个普通的狐狸呢？

A. 先学着田螺姑娘让他熟悉 跳转7

B. 坦然化成人形 跳转3

5

判断不出他的身份。

虽然没来得及和他道谢，有些遗憾，但任务在前，你很快化作人形，忍着痛步步朝屋舍外走去，离开这里。

系统提示：您已重伤，继续行动可能有生命危险，系统将自动召回。

任务失败。

6

飞跃残阳如血的天空，俯瞰城中天师们挥舞大旗，燃烧符咒。战场上，百姓被围困在叛军的枪尖下，王大人援军到底未来，守城军白白枉死。

血流成河。

回到江州官府，才发现陶渊明双目布满血丝，一向恬淡的脸庞罕见地燃起怒火，他大步穿过祭坛，揪住某个天师的衣襟：“鬼神，可有来救你们？！”

沙哑的声音近悲近泣。

天师恶狠狠推开他：“大人已竭尽全力求阴兵相助了，正因有你这等不心诚之人，阴兵才没来！”

陶渊明踉跄后栽，你连忙扶住他，见他眼中神采渐熄。

天下未醒。

他却已醒。

他“哗啦”一把扯开官袍，松开手，任它飞扬在风中，又当场拽下官帽，长发散乱，笑意悲戚：“好……好！”

——起为州祭酒，不堪吏职，少日自解归。

你看见系统提示，在失望中，他已悄然将愿望改为 理想国 。

人生似幻化，终当归空无。理想与理想国之间，隔着多少失望？

归家途中，偶遇灼灼桃林，见落英缤纷，你心思微动，不禁指某处笑说：“你看，假如这里有良田美舍，岂不更好？”

陶渊明意会：“怎能少了鸡犬相闻，黄发垂髫？”

“如此仙境，村民从何处发源？”

他想了想：“大抵是避秦时乱，不复出焉吧。”

村民何处来？村民自他心中来。

桃花源何来？自你们幻想中来。

眼前徐徐浮现这避世的桃花源，已久不曾有战乱与繁多规矩。

你仿照村民敬酒。

陶渊明装醉笑问：“如今可是乱世，你不知？”

你佯装摇头：“哎呀，我连你说的汉朝都不知道，何谈魏晋呢？”

——问今是何世，乃不知有汉，无论魏晋。

你们相视而笑。

若不曾有那些黑暗的年代……桃花源，是否也曾真的出现过？

——皆叹惋。

历史倒转，岁月定格，隙间徐徐绽出桃源一朵。

哪怕片刻幻想，片刻逃避，待他日落于笔下款款写出，这理想国，亦能流传千古。

唯当年此间二人真意。

——不足为外人道也。

达成结局

·任务完成·

桃花源记

任务完成，跳转下一个世界……

7

陶潜与人相交淡泊如水，却每日悉心照料你——他更喜欢小动物。

要想让他接受“狐妖”设定，还要等好感慢慢攒下再说。

陶潜出门去，你便化作人形，偷偷将屋舍打扫得一尘不染，满心期待地在门口等他。不料他只微笑抚你的头：“想我了？”

你有点郁闷。

下一次你更卖力，从挑水到铺床全部干好。

陶渊明给你采了山果回来，任你蹦蹦跳跳疯狂暗示，坦然地解衣而眠。

下下次你一咬牙，连饭菜都做了。

不料这次陶渊明带了朋友回来，友人惊呼：“渊明兄，想不到你还提前烧了饭！哎呀真是……客气客气。”

陶渊明平静地望着热腾腾的饭菜，没辩解。

转眼酒过三巡，陶渊明又抚起他那无弦琴来，他保持着一贯的寡言，只听友人醉中笑道：“渊明兄，你心有国，便不得安啊……前些日不是邀你去做江州的祭酒？”

终于有人提到这事儿了！

你跳到陶渊明身旁，却被他误以为在求抱抱，他将你抱起放在腿上，倒了杯酒，低声道：“江州刺史是王凝之。”

友人眨眨眼，讪笑：“那……陶兄有没有其他打算？天下之大，总该有路。”

“谢弈将军那小女儿令姜曾说‘天壤之中，乃有王郎’。”陶渊明饮一口酒，淡淡道，“而今天下之间……有多少个王郎？”

他说出这句话时眼神平静，你与他多日相处，却分明看清他执酒盏的手微微用力。

可你读过历史，你知道他还会去尝试——虽然短短两个月，就因不堪忍受而辞官。

他不甘心。

酒过几番，陶渊明酒醉欲眠，坦然送客。这人一醉就要睡上大半天，这次也如此，连衣袍都未解，径自醉卧榻上睡了。这作息十分不健康啊。

你跳到他身旁，用爪子拍他的脸，见他不醒，你的动作逐渐大胆，在他白净的脸上揉个不停。不料他臂弯一揽，反将你揽入怀中，你的鼻尖冷不防撞入男子胸膛，嗅见襟袍酒香，不禁烧红了脸。

不行不行！

你小心翼翼换回人形，正要推开他，手抵上陶渊明的腰身之际，他轻哼一声，慢慢睁眼，眸中慵懒："嗯？"

你惊恐抬头，猛抽回手："我我……"

早晚不醒，这时候醒！

"我是狐妖……"你干巴巴开口，"我来报答你。"

完了。

一瞬间你想象出多种可能：恐惧、惊惶、狂喜……然而统统都没发生。陶潜一垂眼皮，慵懒答："渊明酒醉未醒，阁下无论仙妖，想对渊明如何……醒来再说。"

他醉卧榻上一翻身，又沉入梦乡。

你从榻上蹦起，感到不可思议，脑海中莫名冒出一句：

"某某年间，有一书生搭救美狐，某日，狐化女子，欲推醒书生……"

"书生曰：'走开，让我睡觉。'"

大半日过去，你烧好了晚饭，陶渊明也终于悠悠醒来，眼中还留存一丝倦意，睡得长发微乱。

"你就不吃惊？"你郁闷，"饭是我做的。"

"你第一日收拾诗稿时，我便知道了。"陶渊明执箸，淡淡道，"顺序颠倒了，我只好又理了一遍。"

"万物有灵，灵狐报恩，无甚稀奇。"

好吧。

你坦然坐在他对面："你的理想是什么？我可以实现你的愿望。"

"丘山与仕途之间，哪条才是渊明的归路？"他认真望着你。

你愣了下。

A. 入仕 跳转8

B. 隐居 跳转2

8

他年纪轻轻，岂有胸无抱负之理？官场让他一次次心灰意冷，归往田园，有你在……这次兴许可以改变。

“你心中仍有志向，不妨且再一试？”你注视着他，“我知道你要出任江州祭酒的事，我和你一起去。”

陶渊明眼中略有思索之色：“好。”

你们在小吏的接引下，来到城中。

连日赶路让陶渊明多了几分风尘仆仆的倦意，踏入俗世人境，他依然是漫不经心的态度，也不懂如何奉承对方，那小吏语气有几分不悦：“我们这儿规矩多，你们可要注意才是。”

“但凡有上官要见，都要整齐换好官袍，不得迟去。”

你被几个哭泣的百姓吸引了目光。

陶渊明停下脚步，原来是几个困苦百姓，正聚众求天师保佑，那天师则嚷着募捐香火，才能求得祖上庇护云云。

“王大人年年捐香火钱，咱们这江州才受天师保佑，这次带你去拜会，可要好好表现。”小吏傲然道。

陶渊明皱了皱眉：“我听说琅琊王氏向来与五斗米道渊源颇深，可这天下不宁，民不聊生，为官者岂能凭借鬼神之力治理民众？既然拜会大人等同拜会五斗米，我宁可不去。”

“你……”

小吏不可思议地盯着他，冷哼一声，扬长而去。

你心情复杂，忽然明白陶渊明为何反复辞官了。

日复一日，过了一月有余。

这日子实在不好过。

那小吏定然将话转述给了上司，有意报复，每每轮到他的活儿，便是与五斗米道祭奠有关。陶渊明常常称病不出，引得诸多埋怨。

他沉默不辩，那不离手的无弦琴，醉酒后时时弹起。

你无奈问道："你什么时候醒酒啊？"

"等到这浑噩的天下醒了……"他悠悠醉笑，"渊明自然亦醒。"

你转而问："我一直很想问，你这琴怎么没有弦？"

"这弦，不是就在琴上？琴音，不就在渊明心中？"

琴上？

你好奇伸手，陶渊明嗓音清雅，悠悠吟唱，高低起伏，竟真有绕梁之音。你的手指往细弦处去，他的哼唱便似清泉，你往别处拨，那嗓音便又肃然。

你哑然失笑，又忽然苦涩。

有音而不得啸……天下如此琴，无弦为他奏起。

再看陶渊明，他向后微靠，醉中合眼，好似身处山中，羁鸟恋林。

原本平静如死水的日子，忽被某日吹起波澜。

江州附近县城有人起事叛乱，围困上千百姓，王凝之从梦中惊醒，匆匆下床，商量一番，下了命令："召集天师祭酒祈福，保佑阴兵解围。"

"上千百姓的性命……王大人也要托付给鬼神定夺吗？"

陶渊明一声长叹。

他久久伫立在血色的残阳中，好似望穿了远方迫在眉睫的战局。你正要开口，忽然见他转身，眸色沉敛："愿望可否改成解除叛乱？"

你决定 ______。

A. 拒绝，用【日行千里】看看结局 跳转6

B. 答应，用【百战百胜】退敌 跳转9

9

“好，我答应你。”

陶渊明深深朝你弯下腰：“渊明代江州上千条人命谢过。”

系统提示：目标将心愿改为 解除叛乱

你将 百战百胜 发动到极限，率领守城军顺利击退了叛军，百姓欢呼震天。你赶回官府，与陶渊明一并拜见刺史，王凝之狂喜朝你们跑来。

陶渊明行礼。

——王凝之目不斜视，与你们擦肩而过，恭迎天师们，下令重赏。

你的表情从欣慰转为诧异。

你忽然又听清，原来那百姓震天的欢呼，皆是歌颂五斗米道。

“大人，”陶渊明朗声，“退敌者并非鬼兵，是您的守城军。”

王凝之错愕：“你……再说一遍？”

“鬼兵没有来。”陶渊明抬眼。

“你！”王凝之的声音愤怒到扭曲，大骂他不敬天师，大逆不道云云，当场革了他的职，让他滚回山林。

陶渊明不语。

他静静站着，如巍峨玉山，任千万人与他擦肩逆行，好似站在汹涌的逆浪中。

这个混乱的睡着的动荡时代，让醒来的人感到疲惫。

你能做的，只有送他离去，结束这短短两个月的任职生涯。

最后，陶渊明微笑与你作别，悠悠归往青山。他还年轻，以后还会在入仕与丘山中摇摆许久。可他望向青山时，那目光，分明是羁鸟恋旧林，池鱼思故渊的温柔。

达成结局

·任务完成·

丘山难爱

解锁角色

徐渭

开始游戏

任务三

天才演绎法

任务等级 B

人物线索：天才徐渭养成指南

文 / 顾闪闪

在浩瀚的历史长河中，曾出现过一位名为“徐渭”的稀有人物，在一定层面上，人们将其称为天才。众所周知，天才和疯子从属于同一种群，因此某些状态下的徐渭有着极强的攻击性，严重时甚至会反噬自身。

为了顺利养成这位天才，他的亲朋进行了无数次尝试，并为之付出了沉重的代价。

第一位意图“驯服”徐渭的是徐渭的嫡母苗氏，早年她曾成功“驯服”徐渭的父亲徐鏓。信心满满的她采用了母子分离的传统实验模式，将徐渭的生母赶出家门，由自己亲自培养。但这种适用于普通人类的养育方式并不奏效，很快苗氏便失去了耐心，开始散养。

生长在恶劣环境下的徐渭极易长歪，他的艺术作品与脾气秉性同步走向离经叛道，而童年的经历无疑加速了这个过程。

我们知道，天才与凡人是外形相似但完全不相同的两个种群，彼此间都具有很强的排他性。作为人类的兄长为了争夺领地和财产，常常会排挤作为天才的徐渭，他们拒绝分配彩礼给弟弟。两手空空的徐渭不得不选择另外一种生存方式，人类社会一般称之为“入赘”。

二十到二十六岁是徐渭一生中为数不多的幸福时光。他不仅成功获得了“秀才”这一初阶头衔，与妻子朱氏的婚姻生活也十分幸福美满。有传言称，这位朱氏曾短暂地“驯服”过徐渭，但因红颜早逝，只留下无尽的谜团。

青年徐渭曾想通过获得“进士”这一中阶头衔，来实现人生的裂变，可这一愿望直到他四十一岁也没有实现。

请各位特工在完成任务时将自身安危放在首位！

徐渭的精神世界是真空的，这方便他随手采撷一切抽象的艺术，也注定了他与人类群体格格不入，而科考场恰恰是当时社会最大的“人性反应堆”。

但天才的光辉不可能被俗世淹没，在山野间教书的徐渭还是引起了“天才捕捉大师”胡宗宪的注意，通过长期的观察和钻研，胡宗宪找准了徐渭“吃软不吃硬”的特性。时为江浙巡抚的他为了将徐渭揽入幕府，多次折节拜访，徐渭吃着他看着，徐渭躺着他站着，凭借着非凡的毅力和真情，终于打动了徐渭。

得到徐渭的胡宗宪欣喜若狂，给他安排了最豪华的居所，供给最甘美的食物，就连皇家聚会也将他带在左右，但徐渭却感觉自己一点也不开心。

熟悉明朝历史的朋友应该都知道，严嵩是一位凶残的人物，心性纯净的徐渭遇到严嵩就会产生剧烈反应，进入一种暴躁而过激的状态。“庚戌之变”时，徐渭就创作了多篇作品，痛斥严嵩误国。

徐渭不仅是一位艺术家，更具有军事才能，他曾跟随胡宗宪南征北战，献计招抚海盗汪直，痛击倭寇。但更多时候，他的任务是在总督府中为皇帝和严嵩写谄媚的青词。

此时的徐渭已然受到了天下文人的羡慕，可生性敏锐的他却预感到危险将至。

留，难为了自己；去，对不住胡宗宪。

精神世界本就丰富的徐渭感到了从未有过的迷茫和混乱。

在驯服徐渭这件事上，胡宗宪取得了突破性的成效，但他也一手毁掉了徐渭。

嘉靖四十一年，严嵩倒台。不久，胡宗宪也因党派之争丢掉了性命。自此，徐渭的精神世界彻底崩塌，在狱中，他“引巨锥剚耳，深数寸，又以椎碎肾囊，皆不死”，如此反复了九次。

不久，徐渭出狱，娶继妻。这位继妻想必也是一位勇气非凡的奇女子，她不顾家人的反对，还是和徐渭成了婚，但这次婚姻却以彻彻底底的悲剧告终。

关于这桩惨案的真相，历史上众说纷纭，但最可靠的说法是徐渭精神病发作，过失杀妻。杀人偿命，程序上没什么好说的，于是徐渭又进去了。

这一次，他在死牢里待了整整七年。

直到万历元年明神宗朱翊钧即位，大赦天下，徐渭才在友人张元忭等人的帮助下出狱。

出狱后，“死”过数次的徐渭如同游走在世间的亡魂，愈发桀骜不驯。

他穷困如乞丐，却千金难求一字；他是戴罪之身，却敢将当道权臣拒之门外。

事实上，徐渭也曾努力实现自我驯服，最直接的手段就是试图让自身从肉体到精神全面死亡，但屡试屡败。就这样糊涂又清醒，高贵而潦倒地活到了七十一岁。

万历二十一年，那些崇拜他、赏识他、忌恨他、鄙夷他的人都已不在世上了，风烛残年的徐渭躺在草屋的一张破旧竹席上，路过的一条老狗见证了他的解脱。

徐渭一生涉猎之广，几乎到了不可思议的程度，他在诗、文、书法、绘画、戏曲、军事领域都有着惊人的成就。可他最终却以天为盖以地为席，孑然而去，肆意得如同山野间的一阵清风。

或许，这恰恰向我们证明了，天才可以被杀死，但不可以被驯服。

任务对象：徐渭　　朝代：明朝

任务背景：嘉靖年间，权臣严嵩倒台，在内阁首辅徐阶的策动下，一干"严党"皆被免职，其中也包括浙闽总督胡宗宪。徐渭作为胡宗宪府中幕僚，受其牵连入狱。后又在病中杀死继妻，被囚入死牢。

执行人：特工 89757

任务目标：实现任务对象的心愿

文 / 顾闪闪

开始任务 ▸

该任务对象有精神病史和严重的自杀自残倾向，请小心对待，谨慎行事。

进入世界……

徐渭停笔时，砚台中的墨早已干涸。

这不是他第一次为自己写墓志铭，不过也许是最后一次了。他两番入狱，九次自杀未遂，赶来救治的郎中连连唏嘘，怎么能有人对自己下这么狠的手。

或许是因为徐渭早非常人，他成了一个"疯子"。

他自嘲自己于人世荒唐，到头来，连天也不愿收他。

此时徐渭身上旧疾加新伤，无一处不疼痛，可他只觉得麻木。此生所念，死的死，散的散，皆成虚妄，唯独他拖着残躯苟活。昏黄的油灯映着斑驳墙面，他想，即便扁鹊再世，怕是也拼凑不出一颗碎裂的头颅吧。

1

“噗！”

你两手捂着肚子，只觉得五脏六腑都要被撞出来。垃圾系统，好巧不巧，赶在人家要碰壁自杀的当口把你放出来。

始作俑者瘫坐在地，迷茫地望着你。你靠在墙边缓了好一会儿，暗叹从边塞到草庐，如今直接掉进死牢里，还挨了这么结实的一记头槌，自己的待遇降级未免也太过分了些。

而另一边，徐渭眼中的神情由惊诧转为恍惚，他站起来，蹒跚地奔你而去，一双枯瘦的手死死抓住你的胳膊，口中念念道：“是你……你来接我了……”

你被他吓了一跳，本能地挣扎，却见大滴的泪水于他眼中滚落，他低垂着头，哽咽道：“是了，我竟还盼着你来，盼着你恕我。”

你听不懂他的话，但显然，他将你错认成了什么人。

“我罪孽深重，万死难赎，即便你恕我……”黑暗中他仓皇地捂住自己的脸，低哑道，“我又有什么颜面，与你同归？”

你摸了摸袖中的卡牌，眼前的徐渭已存死志，和他争辩再多也没有意义，不如将计就计，先把他从死牢里捞出来。

你握住徐渭的双手，动情道：“我们一起回家，不好吗？”

徐渭被你的话吸引住了，薄唇微微颤动着，半晌，点了点头，含糊道：“我们回家。”

要救徐渭，眼下你有两张卡牌可选。

A. 百战百胜 强行越狱 跳转4

B. 移形换影 创造时机 跳转3

2

这次你们精准降落在了关押胡宗宪的那间监狱门外。你打晕了狱卒，找到钥匙，放徐渭进去，自己则站在牢门口帮他们放风。

守了一会儿，你开始心慌，虽然徐渭之前答应过你，但以他的个性，再次自戕，与知己同生共死这种事他绝对做得出来。

可就在这时，徐渭推开牢门，沉默地走了出来，他的脸上并无泪痕，神情也很平静。你好奇方才狱中发生了什么，可徐渭却对此只字不提。

你们再次穿越时空，回到了熟悉的房间。不管怎样，徐渭的心愿都已经达成了，他此生已再无什么遗憾。

临别的那一刻，你们对坐席间，你还是忍不住问道："我长得和她真的很像吗？"

"我起初以为你是她，你们有一样温柔的心肠，不过现在……"徐渭微微一笑。

"不管你是谁，多谢你。"

达成结局

·任务完成·

了无遗憾

3

明神宗朱翊钧即位，大赦天下，徐渭被释放出狱。

你与徐渭一同回到了他的旧居，此时的他，虽仍显憔悴，但神情已恢复沉静。他听了你的来历，竟不意外，任由你在客房住下。

史书中说，徐渭晚年狷狂潦倒，放浪形骸。但据你观察，这院中虽生满了杂草，但花架犹在，屋内物品也似被人打理得井井有条。你不负责地推断，或许徐渭也曾想过，要在这好好开始一段生活的。

但无可改更的史实也提醒着你，就是在这里，徐渭杀死了他的第二任妻子。

历经九死一生，你的这位请愿人的脸上写满了无欲无求，这让你很是为难。

照理说，徐渭如今已上了年纪，人世间的苦他都吃了个遍，被生活揉圆揉扁成什么形象都不奇怪。但盖不住人家底子好，风吹雨打落在他身上，也不过是苍白了点，消瘦了点，远远看去依旧是道骨仙风。

“标准的身世凄惨的天才主角啊……”晚饭时分，你托着下巴自言自语道。

“你说什么？”徐渭停箸，静静看着你。

“我是说，”你强笑着对他道，“你有什么愿望尽管提，我都会为你实现！”

徐渭垂下眼帘，似在思索，正当你以为成功的希望就在眼前时，却听他不带感情道：“你急着走？”

“哪能呢？”被看穿了心思，你连连否认道，“我这不是看你郁郁不乐，想让你开心一点嘛。”

“开心？”他唇边带笑，眼中却满是苦涩，“或许我这样的人，从头到尾就不配幸福。”

“你也许知道，上次入狱后，我一心寻死，自尽了九次。出狱时已全然是一个废人，可我的妻……她仍愿意嫁我，悉心照料，片刻不离。”

“那你……为什么要杀了她？”果然，他在狱中的那些话，就是对亡妻说的，他既然那样悔不当初，或许是藏着什么苦衷。

“重要吗？”想不到他却笑了一声，抬手指了指自己的太阳穴，“我这里坏掉了，分不清眼前什么是真的，什么是假的。”

他倚坐在桌边，轻嗤道：“你与一个疯子讲什么道理？”

入夜，你突然听到有砸碎东西的声音从徐渭的房中传来。你披衣匆匆赶去，只见他头发披散，满眼猩红，直直望着你。突然，他大步前来，推搡着将你赶出门去，你反应不及，回过神时已被关在了门外。

“走！走得越远越好！”他的怒吼透过房门传出，震得你耳朵生疼，“再也不要回来！”

【任务成功率 10%】

面对骤然发狂的徐渭，你不知所措，形势危急，你必须谨慎做出选择。

A. 暂且离开 跳转5

B. 推门而入 跳转7

4

你拉着徐渭，向外冲去，凭借着技能所向披靡。

守军越围越多，可你半点也不怵。但就在这时，徐渭却放开了你的手，你从他的双眼看出，现在的他已经清醒过来了。

“姑娘你走吧，不必救我。徐某此生已成定局，业已误己，毋再误人。”说罢他转身向牢狱方向走去。

你击得退强敌，却拉不回一个不想活的人。

达成结局

·任务失败·

流沙难挽

5

天明时分，你在廊下寻得徐渭，他衣衫散乱，正望着屋前的青藤出神。

“我想好要许什么愿了。”他听见你的脚步声，轻轻道，“我要你带我回到过去，见一个人。”

“可是即便我们回去了，你也无法改变历史。”你赶忙解释道。

“无妨。”他点点头道，“我只是突然想看看他。”

徐渭想见的人名叫胡宗宪。

嘉靖三十七年，时为浙闽总督的胡宗宪折节相邀，将屡试不第的徐渭招入幕府。徐渭虽少年成名，被唤作神童，但身世却甚为凄苦。

胡宗宪是这世上第一个敬他、重他的人。

但徐渭的病也和他脱不开干系。

“胡宗宪依附严嵩，我每日的任务便是替他为严嵩作青词。”他告诉你，“而我此生最鄙夷的人，便是大奸臣严嵩。”

“胡宗宪待我情同手足，我们一同抗击倭寇，生擒海贼汪直，我知道他是不折不扣的英雄豪杰。可是官场上的事情哪有那么简单？严嵩权势熏天，能屈能伸的道理人人都懂。我这个人天生便有几分偏执，将满腔锦绣文章化作满篇谄媚之词的痛苦，只有我自己知道。时日久了，心神便也跟着错乱。”

而让徐渭彻底疯魔的导火索，就是胡宗宪的死。

嘉靖四十四年，身为“严党”的胡宗宪身死狱中，徐渭的命运也自此发生了天翻地覆的变化。

【任务成功率 100%】

“好，我这就带你回去。”说着你启动了 月光宝盒 ，你们此行的目的地是 ____。

A. 去见胡宗宪最后一面 跳转2

B. 回到徐渭和胡宗宪初见的那天 跳转6

6

“现在是嘉靖三十七年？”你望着眼前的热闹景象嘀咕道。

“不，是嘉靖二十年。”熟悉的声音纠正道。

你扭头一看，眼睛都直了，身旁的徐渭哪还是行将就木的沧桑模样？他面容清俊，眼角眉梢尽是藏不住的意气风发，“狷狂”二字简直就是拟着他造出来的。

你掐指一算，可不是吗？这一年他刚好二十一岁。

你凑到他身边，小声说：“可是史书说你十七年后才入了幕府。”

“那也无事。”徐渭挑眉道，“匆匆一面，史书哪里知道？”

元宵诗会好生热闹，群贤毕集，这一年徐渭考中秀才，风头正盛，人人皆当他日后必登科夺魁，纷纷上前来吹捧巴结。

“我当时被他们说得飘飘然，真以为自己的人生自此会大放异彩。”徐渭拉着你走出人群，“如今听来只觉得刺耳。”

你怕他再被勾起伤心事，忙道：“来都来了，不如四处逛逛。你不是想去见胡宗宪吗？”

前方聚集了一大群人，你好奇地踮脚望去，想看个究竟。

“猜灯谜，猜灯谜，猜中的才子可得玉如意一柄！”

“玉如意？”见钱眼开的你不由得惊叹出声。

徐渭望着你的侧脸，突然道：“想要？那我便为你取了来。”不等你答，他便牵着你的手来到了人群最前方。

“二人抬头不见天，一女之中半口田。八王问我田多少，土字上面一千田。”

正当你和围观群众一脸迷茫之时，徐渭已提笔将谜底写好。那老板看罢，拊掌大笑道：“天下竟有如此才思敏捷之人，在下心服口服，玉如意便由夫人捧去吧。”

你大喜过望，伸手接过玉如意，待看到纸上的字时，却笑不出来了。

“夫妻义重。”

对旁人来说不过是普普通通的谜底，但对徐渭而言，这却是他心头的一根刺，这四个字何尝不是他所期盼的呢？

响亮的鼓掌之声劈空传来，你和徐渭一齐回头，只见灯火阑珊处，有一人身穿圆领袍，器宇轩昂，被三五家仆提灯簇拥着站在桥头，远远注视着灯谜摊子，眼中满是赞赏，而徐渭的神情也为之一变。

你惊觉，原来胡宗宪便是这次灯谜的出题人。

“还站在这做什么？你就没有什么话要对他说？”想到这，你推了徐渭一把，催促道。

徐渭一步也没有挪，他眼中晶亮，唇边含笑，退后半步，对着胡宗宪的方向遥遥一拜。

胡宗宪微诧，随即还礼，也是一揖。

夜风轻轻掠起两个人的衣角，你知道，你此行的任务已经完成了。

“送我回去吧。”漫步湖畔，徐渭认真道。

“年轻不好吗？我还以为你会选择留在这里。”你有些惊讶，没想到他会急着回到那衰败的躯壳中。

徐渭摇摇头：“这样的人生，我不要再过一次了。”

“好，那我陪你回去。”

“不。”他凝望着你，眼眸里盛着星河，“我自己走。”

“我想让你记住，我最开心的样子。”

想到他此生的结局，你感慨万千，正要拿出卡牌，却听身后有人喊道：“二位请留步。”

你们回头看去，来者竟是灯谜摊子的小老板，他自袖中取出一张四折的纸，笑道：“叨扰，这是那位胡相公托我拿给您的。”

徐渭当着你的面打开，只见上头题着杜牧的一句诗。

与君初相识，犹如故人归。

徐渭莞尔一笑，将纸笺收入袖中。

达成结局

·任务完成·

故人思归

7

你进入屋中，只见徐渭头痛欲裂，正痛苦地翻滚在地。

你实在不忍心放着他不管，上前试图搀扶，却被他两手掐住了脖子，逼到了墙角。

你无助地摸索着口袋中的卡牌，还没来得及拿出来，后脑便重重地撞到了墙上。

你眼前一黑，当即昏死过去。

清醒后的你发现自己已躺在了床上，你找遍家中，都不见徐渭踪影，最后你在枕下寻到了一封信。

徐渭在信中写道，他自知夜半发狂，失手伤了你，可癔症缠身全然由不得他。他许下心愿，希望你能“忘记他，回到自己的世界”，而他也已离开此地，将自生自灭，再不连累旁人。

你攥着信，泪流满面，此时的你面对着两条路 ＿＿＿。

A. 回到【3】的最后，重新选择。

B. 实现他的愿望，跳转至下一页。

8

你是实现了徐渭的愿望。

一切就像他希望的那样，你忘记了他，回到了自己的世界。

达成结局

·任务完成·

大梦前尘

返回上级
肆
叁
贰
壹
山长水远
进入关卡
Chapter
肆
Four

解锁角色

郦道元

开始游戏 ▸

任务一

破解地理密码

任务等级 C

人物线索：向我心而来

文 / 明戈

1

林间的景色清幽，古树枝繁叶茂，一对父子背着行囊走在其间。

少年年纪不大，一张小脸白白净净的，乖巧地跟在父亲身后。

“父亲，这是什么声音？”少年听到隐约的轰隆声，扬起小脸问。声音稚嫩可爱。

“再往前走你便知道了。”

眼前的景象越来越开阔，轰隆声也越来越大，如雷声轰鸣，震耳欲聋。

撩开眼前垂下的枝条，一帘巨大的瀑布映入眼中。水流漫顶而下，势甚雄厉，似鲛绡万幅，捣珠崩玉。

少年被眼前壮阔的景象惊住了。水势飞溅，他却径直站在瀑布旁的岩石上，眼神里尽是痴迷，没有半点惧意。

“父亲，这水自何而来，向何而去？”少年眨着圆圆的眼睛问。

男子慈爱地笑了笑：“道元，等你长大后，自己去探究好不好？”

少年回头望向瀑布，眼睛弯成月牙。

“好。”

半晌。

“父亲你是不是也不知道？”

2

那时郦道元天真地以为，万物皆美好。自己以后会做个潇洒书生，终日穿梭在这名山大川之中，一边赏尽世间江河，一边为《水经》作注，弥补地理史

请各位特工认真阅读任务教材！

籍的不足。

可直到父亲去青州上任，他随之一同前往，才发现原来这世界与他想象的不同。

由于连年战争，青州早已民生凋敝。鲜卑贵族和当地世家豪族更是无法无天。

百姓被压榨得叫苦不迭，就连辛苦赚来的血汗钱都要双手奉上。

虽然郦道元身为官员子弟无人敢欺，可他却是真真切切看到了暴力和黑暗笼罩着大地。

“父亲，世间为何污浊至此！”郦道元红着眼圈愤愤道。

父亲叹了口气，摸了摸他的头：“一直如此。”

“那我要当官，除暴安良！”他攥着小拳头，嘴唇抿得紧紧的。

“若要为官，那你便需要如水一般。”

“我明白，自化为水，洗净万物污浊。”

父亲摇摇头：“为官不易。我是指你需要少言少语，圆滑世故。听懂了吗？”

郦道元眨眨眼睛，猛地一点头：“听懂了。”

“什么意思？”

“能动手，尽量别吵架。”

3

或许是因为郦道元从小理解错了父亲的教导，又或者是政治环境太黑暗，总之他生生长成了一个冷面酷吏。

平日里墨发高束，眸色如冰，眼底带着三分狠意五分薄凉。

政策落实不到位？罚！

上班迟到早退总请假？罚！

开会不认真，吃零食还嬉笑打闹？数罪并罚！

不管你是汉族还是鲜卑贵族，背后有没有关系，上边有没有人，总之，在郦道元的手里，官员犯了错就要罚。

百姓虽都十分支持他，可官员们都厌烦他，除了御史中尉李彪。

李彪也是个执法严格的人，认为郦道元这种上敢打老虎下敢拍苍蝇的人很难得，于是连忙把他调过来重用。

两人一见如故，惺惺相惜，相见恨晚。

“那穆家儿子竟仗着他爹的名号强抢民女。弄他？”

“弄他！”

“元家仰靠权势搜刮辖区内民脂民膏，弄他？”

“必须弄他！”

双剑合璧，谁与争锋。

一时之间，军中风气无比清明。

不过很快，他们便遭到了别人的恶意报复，李彪被弹劾罢免，郦道元也跟着被撤职了。

“兄弟，你接下来干吗去？”

郦道元举起酒杯一饮而尽。

“既被免官，那我就去继续儿时的梦想。”

4

郦道元又背起了行囊，拿上《水经》，走上了作注的日子。

正当他写得酣畅淋漓，尽情投身于山水时，朝廷又来寻他，让他去冀州做官。据说那里混乱无比，官匪无别。

郦道元看看自己还未写完的书，又想了想那里水深火热的百姓，终是点点头。

“冷面酷吏”归来。

还是熟悉的配方，还是熟悉的味道。

奸人盗贼纷纷逃往他乡，未逃的也不敢再作奸犯科，冀州境内大治。

后来他每到一个地方，都猛严为政，设立学府，教化乡民。就连山寇都佩服他的威名，不敢违法。

可就是这样一个一心为民的好官，却被人设计诋毁上告。

郦道元随即被押送回京，罢官免职。

老管家实在看不下去，劝慰道：“何不做事柔和一些。”

郦道元望着眼前的江水，喃喃道：“我何尝没有温柔。只是我的温柔，已经尽数留给百姓了。”

“若朝廷再召，可还会去？”

他看着面前的江水，一泻千里，虽中间时被拦阻，却还是奔流向东。

“只要百姓需要，我便去。”

5

“以多暇空倾岁月，辄述水经，广布前文。”

郦道元这回有的是时间写书了。

他开始跋山涉水地对逐条河流进行实地考察，博览前人著作，还查看了不少精细的地图。

他白日深入到村落市井，搜罗与河流相关的神话故事、渔歌民谣。晚间便坐在昏暗的烛灯下，将所见所闻记录下来。稿纸详细到除了水道的变迁沿革等水文知识外，连两岸的山陵城邑、兵要地理都做了记载。

“春冬之时，则素湍绿潭，回清倒影，绝𪩘多生怪柏，悬泉瀑布，飞漱其间，清荣峻茂，良多趣味。”

他的文字优美绚烂，语言清丽，不像是作注，倒像是在写散文。

这次郦道元真是被贬官了许久。

久到他已经作完了《水经注》，久到天下换了皇上。

期间他逢人便说贬官令他开心，为《水经》作注是他从小到大的梦想，自从那日看见瀑布，这个梦想便深深埋在他心底。

他没说谎。他的确是属于水的，又是个那样柔软细腻的人，一个连一条河的源头都要仔细分辨清楚的读书人。

连他自己都说，我周身的筋脉皆为河流。

可午夜梦回的时候，他又在反复质问自己。

那血肉呢?

那血肉呢……

6

正光五年，孝明帝重新启用郦道元为河南尹，因为天下又有乱事。

后来他又命郦道元急速前往北方各镇，与大都督一起筹备军粮，整编官吏。虽说是做后勤，但若有战事发生，郦道元便需要直接率兵打仗。

面对如此无理的要求，他点头答应了。

也许是命运看他遭受的磨难还不够多，于是又遣给他另一个考验。

南梁武帝趁着北魏内乱，派将领带兵围攻扬州，郦道元率兵应战。

战场上炮火连天。

战士的呼喊声、战马的嘶鸣声、刀与剑的光影，混合着遮天蔽日的黄沙，冲击着郦道元的心脏。

那双干净细腻的拿笔的手，握住了沾满鲜血的剑。

没人知道他一介读书人奋勇抗敌的时候想的是什么。

是黎民百姓，是奔涌的江水，还是儿时愿为好官的铮铮誓言。

这场战役中他不仅活了下来，还大获全胜。

7

庆功宴上，大家围着篝火跳舞庆贺。

郦道元看着熊熊火光，不禁开始思念故乡柔柔的河水来。每到夏天，他便会和父亲一起去河里捉鱼。

“父亲，《山海经》里说：‘刚山之尾，洛水出焉，而北流注于河。其中多蛮蛮，其状鼠身而鳖首，其音如吠犬。’洛水里真的有这种怪物吗？”

父亲看向郦道元：“那你为何不以后亲自去洛水看看呢？”

火光掩映中，当年的场景渐渐淡去。

郦道元一杯接一杯地喝着酒，泪流满面。

“父亲，我亲自去洛水看过了……水出西北竹山东，南流注于洛。洛水又东，尸水注之，水北发尸山，南流入洛[1]……洛水没有怪物。”

“父亲你说得对，为官不易。”

他失声痛哭，终于露出了本属于书生的柔软。

8

郦道元因着赫赫战功，被调回京城，当了御史中尉。

京城的权贵们听见他又做官了，派信使给他下马威，想保留自己的特权。

郦道元又恢复了铁面，冷冷一笑：“你在教我做事？”

说罢继续采取一贯的刚硬政策。

若没有后面那件事，郦道元也许可以一直做一位这样的好官，直到退休的那一天。也许他还有机会去再看看三峡和洛水，或是儿时游玩过的小溪。

汝南王元悦有个特别喜爱的男宠，叫丘念。他虽然看起来只是个简单的侍从，可每年州官的人选都是由他来定的。因为丘念爱财，谁给他送的礼多，他便选谁为官。

郦道元偶然得知了此事——明目张胆买官卖官，这还得了？

平日里丘念经常藏在汝南王的府邸中，郦道元也没法进去捉人。这日刚好丘念返回自己家，郦道元收到消息后立刻带兵前往逮捕了丘念，将其打入牢中。

汝南王一见丘念被捉，连夜上奏胡太后，胡太后也徇私下了懿旨，诏令放了丘念。

可公正无私的郦道元手起刀落，赶在旨意到达前便处死了他。

这一斩，众生无不惊讶——这可是王爷的人。

可郦道元不怕。

“天子犯法尚与庶民同罪。”

9

不久之后，雍州刺史萧宝夤意图谋反。为安定长安地区，皇上要选一位大臣前去安抚谈判。

朝堂之上，文武百官皆在。

“何人敢去？”

百官噤声。

这时忽有一人说：“臣以为，郦道元最为合适。”

这人正是元悦。

皇上看向郦道元：“卿以为如何？”

郦道元知道，此次一行定是凶多吉少。

他转头看看畏缩低头的百官，又看看一旁笑中带狠的元悦，屈膝向前，对皇上叩了叩首。

“谢皇上信任，臣定不辱使命！”

声音振聋发聩，响彻朝廷。

果不其然，郦道元前脚出发，元悦后脚便派快马给萧宝夤送去纸条，设计借刀杀人。

郦道元刚到临潼驿站，就被叛军围困起来。

驿站十分狭小，他们一行人掘井数十丈都未发现水源，更不用说雨水。

在极端缺水中，郦道元生生坚持了七日，也未投降。

这个记录了一辈子水的人，描绘了上千条河流的人，在生命的最后一刻，竟没有一滴水为他而来。

10

弥留之际，郦道元终于能卸下他伪装示人的铁面，彻底做回那个喜欢看水的读书人。

“涧路遥遥，泾水泱泱。黄河滔滔，洛水苍苍。”

而那平日里凌厉的眉眼，此刻也逐渐柔和起来。

恍惚中，他又看见了那条瀑布。

父亲站在瀑布前慈笑着问："怎么样，知道这水自何而来，向何而去了吗？"

郦道元身姿挺拔，负手站在一旁，眼睛清澈明亮。

"嗯，孩儿知道。"

他笑得温柔。

"自我心而来，向众生而去。"

"奔流不息，一去不还。"

任务背景：延昌年间，“冷面酷吏”郦道元因受人诬告而被罢官。罢官期间，他开始实地勘察各条河流，着手编写中国地理名著《水经注》。

任务目标：你得穿越到正光五年，在他完成编撰的最后一周里担任贴心小侍女，协助他写完此书。

本任务共设有 10 道题，每道题 2 分，共计 20 分，答错不扣分。得分 12 分及以上，即可获得下次任务的特别道具。

文 / 明戈

开始任务 >

1

你已经站在郦道元的院门口半个时辰了，迟迟下不了决心敲门。

因为你早就知道这个人号称“冷面酷吏”，凶得很。

你刚鼓起勇气打算敲门，脑海中突然浮现出一张凶神恶煞的脸，你又连忙把手放下了。

唉，要不这次任务放弃吧。

正当你暗地里想传回系统时，院门开了。

一个身材颀长的男人望着你，眼眸深邃，五官温和而精致。

“姑娘有何贵干？”他的声音低沉悦耳。

你被吓了一跳，结巴道：“你是……郦道元？”

“正是在下。”

这么帅的吗？！

你回过神来，微微一俯身：“我是来应聘侍女的。”

“进来吧。”

一句多余的废话都没有。可以，很酷。

你连忙跟着走了进去。

“我最近在编写水文相关的书，既然是我的侍女，就要知道相关知识，也好方便随后出行。”

你一点头：“大人说得对。”

“黄河起源是哪里？”

这就开始了？

你连忙回忆起来，是 ________。

A. 唐古拉山脉

B. 巴颜喀拉山脉

2

你说出答案，郦道元又问道：“哪条河不是北方河流？”

这可难不倒你，你心满满地回答 ______。

A. 渭河

B. 辽河

C. 大渡河

3

“不错，不过接下来这道题，你可能就不知道了。”

“大人尽管问。”

“黄河的支流有哪些？”

你思考了一下，回答 ______。（多选）

A. 渭河

B. 汾河

C. 大清河

郦道元欣赏地点了点头。

“收拾行李吧，我们一会就出发。”

“一会就走？这么着急的吗？”你惊讶地问。

郦道元回过头来：“河流可是不等人的。”

好吧，你点点头，谁让你是贴心小侍女。

“对了，记得喂好马，咱们这次去的地方不算近。”

“我们去哪里啊大人？”

郦道元拿起他的行囊走到院里。那行囊都未打开过，一看就是才到家不久。

“浙江。”

你飞快地在脑海中检索。古称的浙江……不就是指 ________。

A. 岷江

B. 钱塘江

4

你点点头，随后拿起马食去喂马。

“大人，你这儿只有一匹马啊！”后院传来你的惊呼。

“所以呢？”

一个时辰后。

这已经是你第三次打瞌睡差点掉下去了。

郦道元“吁”的一声停了下来，略显无奈地侧身问：“打瞌睡，又不抓紧我，很容易掉下去的。”

你瘪了瘪嘴：“我太困了。”

“为何不抓紧我？”

“抓紧了啊……”

“用手指尖揪住我衣服的那种抓紧吗？”

“大人你忘了你是男人吗？”你扬起脸对上他的眼睛。

郦道元的脸“唰”的一下红了。

半晌他才说：“那要不你坐到前面，也免得我担心你掉下去。”

你一边换了位置，一边在心里偷笑。

夏天的风，吹得人很舒服，你坐在前面眯着眼看四周的景色。郦道元的肩膀很宽，又绅士地故意拉宽了臂距，所以你也未感觉到局促。

“大人，我们这次去可以观潮吗？”

“自然要去。”郦道元好听的嗓音从你头顶传来，“你可知何时观潮最好吗？”

“知道啊，当然是 ________。”

A. 八月十五

B. 七月十五

5

郦道元点点头：“我上次去观潮，还是儿时同父亲一起，潮水真是蔚为壮观……”

也许是他的声音太过好听，或者是拂面的风太温柔，你又睡着了。

你醒来时，天色已经有点暗了，你整个人正靠在郦道元的胸口，口水流出了足有三千丈。

你一惊，扑腾着一下子坐直，赶忙擦了擦嘴。

头顶传来憋笑的声音：“醒了？”

你尴尬得脚趾都缩紧了，支吾着“嗯”了一声。

“刚好，我们马上要到渡口了。”

“还要走水路？”

“水路快一些，差不多三天时间到。”

到了渡口，郦道元前去租好客船，长腿一迈便跨了上去。

船离岸稍微有点距离，你先把行李递给他，而后用脚颤颤巍巍伸向船边。

郦道元见状伸出胳膊，把小臂给你当作扶手。

还蛮细心的嘛，你心下想着，登上了客船。

船缓缓启动。

你安置好行李，来到围栏边。

夕阳渐渐在江水中沉去，留下的一点余晖映在江面上，晕成水墨画一般。

郦道元站在一旁专注地望着江景。水面的风有些大，吹乱了他束得整齐的发。

“大人？”你轻声唤道。

也许是你叫得突然，郦道元向你望过来时还未变更刚才的眼神。

温柔，眷恋，满是深情……

你一时晃了神。

“怎么了？”一声疑问将你拉了回来。

“啊，那个，我们现在在哪条江上啊？”你正了正神色。

“兰江。”

这江的名字你十分耳熟，你知道它又叫 ________。

A. 兰溪

B. 兰江

6

“这江上是不是有个亭子？”你不确定地问。

“对。湖以南有天柱山，湖口有亭，号曰兰亭。”郦道元熟练地为你介绍道，“你可知这里还有一篇著名的文章？”

你点点头，答道 ________。

A.《兰亭集序》

B.《兰亭雅序》

7

“没错，王羲之的那篇文章就是在此所作。后来晋朝的何无忌把它修到了天柱山山顶。现今亭宇虽坏，基陛尚存。”

你一脸敬佩地看向他，他看见后不由得摇头笑：“因为我去年刚去那里勘察记录过。”

“你的书不是只写水文吗？”

“不啊，江河两岸的建筑、神话，甚至是水边的植被，我都会写。”

他的手扶在栏杆上，你看向他指尖的茧子，不由得感慨这该是多么浩大的工程啊。

三日间，郦道元时而在甲板上瞭望远处，时而舀起江水细细观察，然后在稿纸上写写画画。

很快，你们便到了。

船停稳后，你们拿好行李从船上下来。你环顾四周，街上行人如织，估计都是来此旅游等着几日后观潮的。

你们往客栈走去，你好奇问道：“大人，这里为何叫钱塘啊？”

郦道元却反问道：“你知道这塘是做何用的吗？”

你想了想，答道 ________。

A. 挡潮堤坝

B. 桑基鱼塘

8

“当时江流海潮导致江岸坍塌，民众伤亡时有发生。当时的议曹建议修建此塘以防海水，并声称谁挑来一斛土，便给钱一千。挑土的人很多，可塘却没有修筑，于是大家只能抛下石土回去。石土堆积，塘因而修成，所以叫钱塘。”

你正感慨这段典故，忽然听到街边有个老叟喊道：“抢劫了！抢劫了！”

只见几个地痞流氓从你们身边飞快跑过，向远处狂奔而去。

还没等你反应过来，郦道元已经猛地冲了出去，紧紧跟在他们后面，嘴里大声呵斥着：“站住！别跑！”

你也连忙跟着跑了起来。

周围行人渐渐少了起来，那几个人跑到一个偏僻的巷子里停住了。

郦道元义正辞严道：“把抢的东西交出来！”

那几个流氓愣了一下，似乎是被郦道元的气势吓了一跳。

“我乃东荆州刺史！”

为首的人一听这话，立刻后退了几步，毕竟他们也不想招惹官吏。

你站在一旁叉腰帮腔道：“对！惹了他没有你们好果子吃！”

郦道元冷哼一声，又道：“我现在已经被罢官了，若是从前，一定罚死你们。还不速速前去自首？”

哈？

你简直不敢相信自己听到了什么。

那伙人一听这话，又硬气起来，纷纷亮出匕首。

你看情况不妙，连忙上前说：“不好意思各位，他职业病犯了，别介意。”

郦道元却岿然不动，凛然正气地说：“光天化日之下抢劫，我就是要管！”

你用眼神示意郦道元快走，他却一副铁了心要管到底的架势。

“呵，要管是吗？放心我们不打女人，不过你……”为首的走到郦道元身边，眼色发冷，上去就给了他肚子一拳。

郦道元一介文官，怎么可能打得过五六个地痞。

你吓得跑出巷子大喊道：“来人啊！打人了！”

你听到身后传来阵阵发闷的拳脚声，唯独没有求饶声。

好在当地居民听到你的呼救，纷纷拿着家伙跑来。那几个流氓被堵了个正着，然后被大家五花大绑送去了官府。

客栈里，你拿出药箱，为郦道元脸颊的伤擦着药。

“你傻吗？”你问。

他抬起头，面露疑惑。

你仔细地看着他的脸，才发现他原来清瘦无比。也许是这些年奔波赶路太过劳累，双颊都微微地陷了下去。眼睛狭长，但眼神清澈明亮。

这双眼睛让你想起鸣沙山下的泉，叫什么来着……________。

A. 明月泉

B. 月牙泉

沙漠一望无垠，放眼看去满是黄沙，尽是绝望。可就是有那样一弯活命的泉在鸣沙山下，一尘不染。

“为什么还要来钱塘江勘察，你不是来过吗？”你突然问。

郦道元很惊讶：“你怎么知道？”

你笑道：“白日你说的那个典故，一看就是来考察记录过啊。”

郦道元也笑了。

他看向窗外的点点渔火，低声说：“因为儿时来看过赶潮，便想着再看一遍。上次忙着研究没赶上，前几日我又收到了朝廷的诏书，让我去治理洛阳。若再不来，恐怕就没时间来了。”

你忽然联想到他以后的命运，鼻头一酸，不禁急急低下头去，装作整理药箱。

“等等，我臂上的伤不管了么？”他开口道，挽起袖子伸出手臂。

“这里你自己能上药。”

他看向你，眼神无辜。

“可你不是我的贴心小侍女吗？”说罢，他勾起嘴角露出一个好看的笑。

不是说好是冷面酷吏吗？这个男人怎么学坏了！

你红着脸在他胳膊上粗粗抹了几下，便抱着药箱飞速跑了出去。

虽然郦道元嘴上说是来看潮，这两天却是一点没闲着，在河边跑来跑去，记录各种水文植被信息。而作为贴心小侍女的你，自然也不得不跟着跑。

“欸，你不是写完钱塘江了吗！”你累得直喘粗气。

他边在稿纸上记录，边开口：“资料数据哪有嫌多的。”

你看着街上来观潮的行人，突然问：“哪里的景色你觉得最壮丽？”

他想了想，说：“回清倒影，绝巘多生怪柏，悬泉瀑布，飞漱其间。”

你立刻知道，他说的是________。

A. 三峡

B. 雅鲁藏布江

10

你点点头："那里的确壮丽。"

郦道元不再说话，专心地开始计算起什么。你坐在一旁静静地看他在纸上演算，宛如一个理科学霸。

他写得很认真，连太阳落下，华灯初上都没发现。

终于他搁下毛笔，一脸歉意："抱歉，久等了。"

你摇摇头。突然有贩酒的商人经过，你一抬颔："喝酒吗，请你。"

郦道元惊讶了一下，随即笑道："好啊。"

他似乎不常喝酒，几口下去便红了脸。

你打趣道："不是冷面酷吏吗，酒量怎么如此差。"

郦道元摆了摆手："休要打趣我……我为官时终日忙着办公，哪有时间饮酒。罢官了就五湖四海地跑，更没有时间了。"

"既然你这么喜欢看水，干吗还要接那职务？"你不解地问。

"我是喜欢看水……可我更想看到国泰民安。"郦道元又饮了一杯，"若我不做那铁面酷吏，又哪来的一方安宁。"

"只是我太久不为官了，此次前去上任，怕做不好……"

郦道元有些醉了，嘴里又喃喃说着什么，伏到了桌上。

江风吹来，你却越来越清醒。

是啊，一个这样温柔的人，若不是为了黎民百姓，谁又甘愿戴一辈子面具呢？

酒楼里歌舞升平，传出阵阵歌伎的江南小调，晕在江上氤氲的雾气里，飘散而去。

11

隔天，八月十五。

钱塘江大潮浊浪滔天，如万马奔腾，翻江倒海，势可摧城。

郦道元负手站在窗前，听着闷雷般的潮声，心中思绪万千。

你前来告别，他笑道："也太不贴心了，这就走了，以后也不知何时能再见。"

你鼻头发酸，终是再也忍不住，冲上前抱住他。

郦道元先是一怔，随即眼角带笑，温柔地拍了拍你的背。

半晌，你闷在他肩头说："你不用担心的。我知道你此次前去，必能守一方安宁，护百姓安康。"

郦道元抬头看了看那"捍海长城"的钱塘，然后垂首轻轻拍了下你的头顶。

声音好听得一如初见。

"定不负卿。"

答案

1、B

黄河发源于青藏高原巴颜喀拉山北麓的约古宗列盆地。

2、A

渭河，又名沔鱼河，源于贵州省毕节市境内对坡镇法泥村大娄山北麓。

3、AB

渭河，古称渭水，是黄河的最大支流。汾河，古称“汾”，又称汾水，黄河的第二大支流。

4、B

钱塘江，古称浙，全名“浙江”，又名“折江”“之江”“罗刹江”。

5、A

每年农历八月十八，钱江涌潮最大。海潮来时，声如雷鸣，排山倒海，蔚为壮观。最佳观潮地点在海宁市的盐官镇，观潮的最佳时间是每年农历的八月十五到八月十八。

6、A

兰江古名兰溪、瀫水，钱塘江支流。

7、A

8、A

9、B 鸣沙山月牙泉

10、A

解锁角色

徐霞客

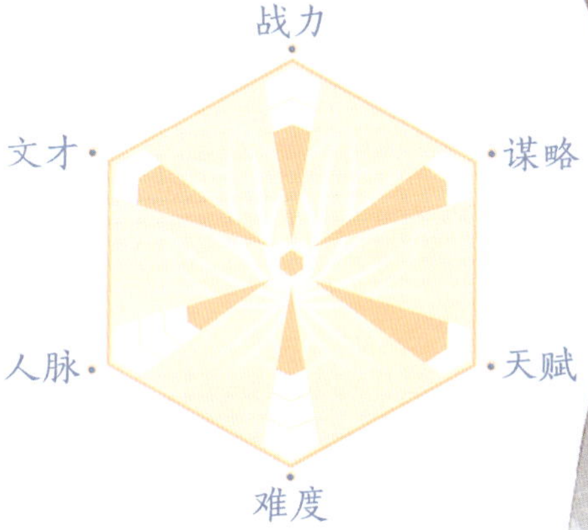

开始游戏

与任务对象沟通是特工的一项必备技能，同时也关系到你任务完成的顺利程度。

任务二

同游远行

任务等级 B

人物线索：无人摘我远游冠

文 / 以朝

告别

明神宗万历三十六年，江阴徐家，徐霞客父亲的守孝期刚过。

22 岁的徐霞客却照顾着母亲，迟迟没有离家。

想当初，私塾课上的少年志高宏远：“大丈夫当朝碧海而暮苍梧[①]。”

守孝期间，徐霞客又因家乡水势，好奇起了长江源头，却因礼教踌躇不定。

尽管《禹贡》有言，“岷山导江”，但徐霞客结合水势判断，以岷山为源头不合常理。徐霞客想到，春秋时期有位灵威丈人，曾奉吴王之命进入林屋洞，找到了记载有夏禹治水的《素书》。若是寻到了《素书》，便可查证《禹贡》记载的真假。

这时，一顶青色的远游冠[②]结结实实地戴在了他头上。

“臭小子，谁需要你照顾，快走，留在家里做甚？”

母亲王氏胖揍了他一顿，并迅速替他收拾好行李，将他赶出家门。

“我还等着你游遍名山大川，然后回家给我讲故事呢！”

徐霞客摸摸远游冠，无奈一笑，不好意思说还想定期回一趟家。

于是他从江阴出发，一路前往太湖，寻找《素书》的下落。

① 出自陈函辉《徐霞客墓志铭》。
② 远游冠，古代中国冠饰之一。为诸侯王常戴，制如通天冠，有展筒横于前而无山述。

到达太湖西山的林屋洞，徐霞客似是闲庭信步于其间。

只见洞内广如大厦，钟乳倒挂，立石成林，看起来变幻莫测，扑朔迷离。

徐霞客抬头仰望，双眼一眨不眨地盯着石景，步履渐缓。

观其洞穴周壁水蚀沟槽、窝穴与波痕，发现有沟、槽、龛、台、床、石痕、石鳞等多种形态，于是徐霞客将其分别命名为石室、龙床、银房、石钟、石鼓、金庭等等。

许是长年流水侵蚀才形成这岩洞，若用手触碰这千万年才能形成的钟乳石，恐会毁其未来长势。

“钟乳倒挂，当真是鬼斧神工，只是只可远观，不可亵玩。”

徐霞客抚着下颚，若有所思。

在林屋洞中找寻《素书》无果，徐霞客走出林屋洞，却见洞旁立有一毛公石像，应当便是书中的灵威丈人。

徐霞客看着眼前石像那与幼时梦中劝自己游览四方的仙人无二的面貌，恍然大悟。

虽未见《素书》，却在此与仙人相见，当真是一切冥冥之中，皆为天注定。

于是他愈发决心溯长江而探源，有洞必探，愈险愈探。

世界洞穴学的先驱意志，至太湖一行，已生苗头。

但在这六年里徐霞客并未写出什么东西，只是徒步而行，探奇访胜，专心探索祖国的山河。

“游览很好玩，但我也得记录点东西。”

徐霞客转念一想，便又启程了。

最终，徐霞客走过了三百零六个洞穴，留下七万二千字的地貌笔记成为世界岩溶学和洞穴学的珍贵文献。

登山

万历四十四年，徐霞客携叔翁徐浔阳出游。

两人沿苦竹溪西北行至汤口，北上抵祥符寺，沐于寺边温泉，览莲花庵白龙潭；又过慈光寺，经天都峰下，沿莲花沟北上达光明顶。

“你是不是爬不动啦？”

光明顶上，徐霞客望向徐浔阳，随手接过他的行囊。

“爬山真的太累了，你这样有什么意义呢？这些东西，书上都有记载。”

徐霞客摸摸脚下的岩石，往下俯瞰，壑谷峻峭，抬头仰望，天都、莲花两座峰顶直逼天际。

“书里有的是别人的经历，有的人只是观一片景以之抒情，与事实不尽相同。你我亲身所历，细细察之，又怎能一样呢？”

烈阳灼烧着他的脸，徐霞客依然笑嘻嘻的。

归家

天启三年，徐霞客循运河北上，而后西行，遍览少林寺、嵩山、龙门石窟、华山五峰等他。

得知八十老母亲病重，他翻山越岭，破冰除雪，摘瑶草雪桃，回家献予母亲。

“娘，我回家啦，回来给您讲故事啦，上回是山中林怪，今天给您讲这窟穴鬼宅。”

徐母躺在床上，朝徐霞客翻了一个白眼，却又忍不住笑出来。

徐霞客只当没瞧见，将摘来的花搁在她枕边。

徐母突然道：“咱们在江阴周遭走走吧，你瞧我这身子骨多硬朗。”

“哎哟您在说啥！”

“怎么不行？臭小子，我就要去！”

徐霞客只好老老实实地陪着母亲走溪荆、逛勾曲。

看她回回走在他前头，念叨着景色秀美，徐霞客只好忙不慌地跟上去扶好她。

次年徐母便去世了，徐霞客披麻戴孝又三年。

终旅

崇祯元年，徐霞客再次启程，经福建漂流，结识好友黄道周，与其同游太湖。

两人自太湖泛舟，见孤云独往返，黄道周提议作诗，徐霞客先成，但笑不语。

而后北上京师，游五台山探悬空寺，获亲朋相助，一路平安，好不快活。

崇祯九年，徐霞客身体日渐衰弱，忆往昔几十年周有经历，收获颇丰。

“写的仍是太少，也没有好好整理一路见闻。”

他决定今后应多记述经历，为史料作更正。

徐霞客在旅途中拜访过两百多座寺院，认识了许多寺里的和尚。

浙江天台迎福寺的莲舟上人，便与他一同去浙东等地爬山，陪他去雁荡山悬崖续断绳。

莲舟上人的弟子静闻和尚，在徐霞客约莲舟上人时与其结识，对游行一事早心有向往。

后来，静闻得知徐霞客将前往西南，于是决心同他一起万里遐征。

“静闻这个书呆子，从前就看他刺破指尖，用血抄经文，满心虔诚。明明总嫌我扰他听诵佛经，偏生乐意与我秉烛夜谈。”

徐霞客静卧房中歇息，听到不远处静闻那缓慢而有节奏的诵经声，内心深感安祥，喃喃自语。

然湘江夜泊，突遇强盗，静闻为护佛经与游记手稿，遭强盗两刀，终于脱险，身负重伤。

船燃大火，静闻血流如注，徐霞客见此，目中猩红，失足落江。

大难过后，徐霞客以静闻疗伤为重，将行程推后。

湘江一行，行李钱财皆失，徐霞客日渐困窘，沿路筹资，坚持西行。

途中偶遇友人，友人见其窘迫，意图跟随他一同筹款，徐霞客制止。

“我从前没钱了就把衣服脱下来换书，现在还有绸巾衣袜没卖呢，不用愁旅费啦。何况，我带着一把铁锹同行，什么地方都能埋我的尸骨，多好。”

徐霞客说着便笑起来，听此友人不住叹气，

而静闻手持佛书，一脸蒙相。

静闻虽愈，但元气大伤，此后病弱不堪，半年后，卧床不起，最终病逝于南宁崇善寺。

待其病逝后，徐霞客继续游历。

徐霞客北历三秦，南及五岭，途经浙江、江西、湖南、广西、贵州，最后到达云南。

在云南的两年，他日涉百里，风餐露宿，虽病体孱弱，至夜半仍燃火借光，记下当日所游。

他足迹北过鸡足山，西出石门金沙，考察完丽江，终于解答了少时的疑惑，推翻《禹贡》的岷江旧说，断定金沙江才是长江的源头。

足下患疾，暂居寺中，修成《鸡足山寺》，后来徐霞客又过大理到腾越，终两足皆废，无力前行。

明崇祯十三年，云南木增派人将其送回江阴。

归去

崇祯十四年，徐霞客病卧家中，终日不见外客，只攥着探察得来的岩块，摩挲以对。

一日，徐霞客将岩块交到其子徐建极、徐建枢手中，两子不解。

“我爱眼前的这山河，爱我考察的洞中岩石，爱我写下的多年游记与日记，我也爱我的亲人朋友，爱我遗失和遗憾的东西，甚至爱我这残破的身躯。就算世人不理解我，我也无憾。”

建极、建枢守在多年罕归家的父亲床前，听其言语，神色间似已释怀。

徐霞客打开床边的匣子，摸摸色泽不再却保存完好的青色远游冠，嘴角扬起笑意。

数月后，徐霞客溘然长逝。

“既无人摘我远游冠，我自攀山淌水上云端。”

好友黄道周前来吊唁，翻徐霞客日记，忆当年太湖席赋诗，泪流不止。

“一生五十六年，行十六载，探名胜记古迹，辨江考石，写百万游记文学，修史传代，是徐霞客了。”

任务背景：据《徐霞客游记》记载，在他的旅行途中，随行仆人逃跑事件时有发生。万历四十一年，徐霞客游至黄山附近，不知为何，他的随行仆人再次逃跑，这为他的旅游和勘察记录带来极大不便。

任务目标：回到万历四十一年，找到徐霞客，担任他的旅友，协助他完成对黄山的旅游考察。

执行人：特工 89757

本次背包物品：日行千里 ×1 帐篷 ×1

文 / 明戈

开始任务 ▸

1

这次任务你高兴得很。

你知道徐霞客是个专业的旅行大佬，看过数不清的秀丽风景。既然这次任务目标是他，那就相当于拥有一个大神导游。

你乐开了花，一边美滋滋地幻想着梦幻旅程，一边在黄山脚下寻找徐霞客。

天色渐晚，但你还未找到他，不由地有些心急。

古代不比现代，未经开发的山区满是密林，山脚下也根本没有路。

忽然，你看见不远处好像站着一个人，晃了两下，“扑通”一声倒下了。

你连忙跑过去。只见这是个身着粗布衫的男生，双眸紧闭地躺在地上，一旁还放着行李。

这不会就是徐霞客吧？你心下一惊。任务对象没了？！

情急之下，你选择 ______。

A. 大声呼救，引来旁人帮忙 跳转4

B. 心肺复苏 跳转8

2

你在痛骂了任务八十遍后，终于忍不住使用了【日行千里】。

“不就是到山顶吗，看我的。”

一道金光闪过，你们从原地消失，转瞬间便来到了山顶。

“这……”徐霞客目瞪口呆，说不出话来。

“厉害不？”你得意扬扬地扬起脸，叉腰等夸。

没想到徐霞客十分生气：“你……你这是做什么！上山的每一步都是需要用脚丈量的，这样我才能详细记录下高度、植被等很多类目！登顶不是目的！”

由于你彻底打乱了他的计划，没有协助他完成考察，系统将你带回。

达成结局

·任务失败·

欲速则不达

3

“我有帐篷，不过是单人的，你用吧。”

你支好帐篷，铺上防潮垫，示意他进去睡。

徐霞客先是惊叹了下世间竟有如此轻便的帐篷，而后又严词拒绝了你。

“我是个男人，不可以让女子睡地上。”

你：“你身体还未好。”

徐霞客：“那也不能让女子睡外面。”

……

僵持了一个时辰后，你们双双躺在了帐篷里。

这就有点尴尬。

尤其是旁边的人还一句话不说，空气安静无比，你连头都不好意思转。

于是就在这微妙的气氛中，你尴尬地睡着了。

第二天你醒来，旁边已空无一人。你走出帐篷，只见徐霞客已经做好了早饭，看情况身体好了大半，只是眼下带了点青，估计昨晚没有睡好。

你盯着那一锅看起来就很难吃的糊糊，不禁皱眉。

他见你的反应，转身从背包里拿出一块饼：“姑娘吃这个吧，那日上山前买的。”

你接过饼，他继续说道：“我每次一出门便是几个月，所到之处常常荒无人烟，只得带些能长期储存的食物。虽不怎么好吃，但总不至于饿死。”

你不禁有些心疼他。你知道徐霞客可是来自名门望族，就算后期家道中落，那也是从小锦衣玉食的。如今为了旅游勘查……

可不过两个时辰后，你便开始后悔心疼他。

“徐兄，咱们歇会吧，我走不动了。”

“不可。按照行程规划，现在已经登上莲花峰了。”徐霞客身高腿长，大步流星向上爬着，哪还有半点晕倒过的样子。

“我真爬不动了。”你在后面小碎步跟着，突然明白他的仆从为什么总逃跑了，“欸，你慢点！徐兄！徐大哥！徐大爷！”你鬼哭狼嚎。

面对这种情况你决定 ______。

A. 咬牙坚持 跳转7

B. 使用日行千里 跳转2

4

你慌乱无比，立刻大声呼救起来。

正巧两个山下村民经过，听见你的呼喊后，立刻跑过来将他拖到牛车上，送去城里的医馆医治。

可他由于意识昏迷，伤势让他暂时无法继续前行，你又因为学校选课开始无法久留，只得先退出任务。

任务失败。

系统提示：具体问题具体分析，请回到起点。

5

你憋住脱口而出的感叹词，含泪点点头。

六个时辰后，你瘫在天都峰的峰顶。

①明徐弘祖《游黄山日记（后）》。

你心头一万个委屈，特工的体能训练都没有现在这么累。

“万峰无不下伏，独莲花与抗耳[1]。”徐霞客站在一旁负手说道。

“嗯？”你听见后一骨碌爬起来，十分惊讶。

你刚才看了随身携带的海拔测量仪，天都峰的确比莲花峰矮 54 米，可徐霞客没有测量仪。

要知道，刚才你们从莲花峰到天都峰，走了差不多 1.1 公里。隔着这么远的距离，他是怎么用目力脚力测出来高度差的？

你不禁在心里鼓了鼓掌，大神就是不一样。

天已经黑透，现在下山是不可能的，只能在山顶过一宿了。于是你挑了个平整的地方燃起篝火，开始搭帐篷。

他在一旁正专注地制作夹在书中的标本。傍晚的山风带来海棠香，在跳跃的篝火映照下，他的眸子变成了漂亮的琥珀色。

是谁说的认真的男生最迷人？

太对了！因为你的嘴角又在抑制不住地疯狂上扬。

徐霞客一抬头，深邃的眸子正好对上了你花痴的眼神。

他脸瞬间爆红：“时候不早了，睡觉吧。”

你存心逗他：“不怕我打呼噜吗？”

他低下头，半晌。

“没有，你睡着的时候很可爱。”

可以，这下换你脸红了。

你躺到草地上，看向漫天的星子，繁密地延伸到天边，消失在群峰里。

徐霞客和你颠倒着躺了下来，双头并排，脚各自指向南北。

“干吗这么辛苦啊。”你轻声问，“一直以为你是潇洒地游览人间山水，没想到这么累。”

他顿了一下，而后说：“我儿时不好读经看典，就喜欢去游山玩水，旁人指责我不务正业名落孙山，父亲却很支持我。他回别人‘大丈夫当面朝碧海而暮苍梧’。就连我的名字都是他给我起的，因我朝霞出，晚霞归。”

“他真的很为我骄傲。”

徐霞客声音很轻，很好听，语气却带着淡淡的哀愁。

“我十九岁时父亲病故了。我本想不再出游专心照顾母亲，可母亲看出来我不快乐，鼓励我继续出来游历勘查。”

“她给我缝制了‘远游冠’，还帮我补了那句话的后半部分——游必有方。”

“所以我不是在潇洒地吃喝玩乐，我是带着父母的期望游历名山大川的。我看到了，便是他们看到了。况且我的研究记录是有用的，可以为世人作出贡献。”

“只是我真的很想他们。”

你转头看向他，他也转头看你。周围很安静，只有篝火燃烧的噼啪声。

这时你决定 ______。

A. 用日行千里让他回去看看母亲 跳转11

B. 不再偷懒，好好陪他勘察完整个黄山地区 跳转10

6

为了和他统一步调，你决定也在地上睡一晚。

可地上寒凉，徐霞客身体又未完全康复。第二日一早便发了高烧，本次行程只能作罢。

任务失败。

系统提示：身为特工，需要强大的心理素质，请重新选择。

7

“我是个特工，我是专业的。”你做着心理建设，咬牙跟着他。

徐霞客转身望你，脸上藏不住笑意：“你不是会法术吗？”

“闭嘴！”你从牙缝里挤出两个字。

其实你两手空空，行李全被徐霞客揽了过去。他在前面背着包裹往上爬，一边还要腾出手做记录，你也实在不好意思多说什么。

终于，你们登上了莲花峰峰顶。

微凉的风拂在脸上，清凉无比。淡淡的雾气在四周飘荡，宛如仙境一般。向下望去，整个山群雄险奇峻，千峰竞秀，让人觉得整个胸襟都开阔了。

徐霞客眯着眼，站在一块伸出去的石头上，身材修长俊逸。

雾气掩映中，他和景色融为一体，仿佛他天生就是属于这里，属于群山秀水，属于瑰丽的自然。

“下山吧。”

“记录完了？”你开心地问。

“嗯。”徐霞客点点头，“现在该去天都峰了。”

什么？！

面对接连不断的体力挑战，你选择 ______。

A. 坚持到底 跳转5

B. 放弃任务 跳转9

8

你立刻探了探他的脉。

有脉搏，还活着！

你嘴里碎碎念：“我是个特工，我不能慌，我是专业的。”一边急忙把他拽到平整地面上，解开他胸口的衣服，双手交叉开始做心肺复苏。

正当你观察徐霞客的胸腔起伏，准备开始人工呼吸时，他忽然睁开眼，推开你侧过身剧烈咳嗽了几声。

你拍了拍他的后背，帮他顺理呼吸。

他深吸几口气慢慢坐了起来，看了看自己散乱的衣物，一脸防备地看着你。

“你是谁？”

你双臂酸痛无比，整个人后背都被汗水浸湿了。见到他的反应，没好气地回道：“你的救命恩人。”

徐霞客这时才反应过来刚才发生了什么，连忙站起身来懊恼地对着你深鞠了一躬。

“多谢姑娘救命之恩，方才是我愚钝了。”

“刚醒过来就行大礼，不要命了？快好好歇着。”你吓得赶紧去扶他。

“话说回来，姑娘如何救的我？”徐霞客好奇地问。

你觉得很难解释心肺复苏，于是你干脆道：“我有法术。”

他一脸错愕地看着你，这时你才看清楚他的脸。面色有些苍白，脸颊带着刚刚苏醒的潮红，眉毛又浓又密，看起来也就二十多岁的样子。

“这荒郊野岭的，姑娘怎会来此？”徐霞客问道。

“我也是来旅游的，正好一起结个伴吧。”你顺水推舟提出请求。

“好。那天色不早了，我们先休息吧。”说罢他便直接就地躺下。

哈？！

你走到他跟前，低头看着他：“你就这么睡？”

徐霞客睁开眼，点点头：“是啊。”他声音带了点委屈，“我的大部分行李和银两都在仆人那里，结果他跑了。”

你重重叹了一口气，决定_____。

A. 拿出你的帐篷 跳转3

B. 在地上委屈一晚 跳转6

9

嗯？！怎么回事？你突然发现你退出不了系统。

跳转5

10

“你还有多久能探查完黄山地区啊？”你问。

他拿出本子算了算：“大概半个月。”

“好，那我便陪你游这半个月。”

徐霞客惊讶地看向你：“没关系，你不用这样辛苦陪我的。”

你没说话，只是静静看着他。

这半个月比你想象中过得快很多。

白日登山时徐霞客会不露声色地照顾你的体力，你偶尔会帮他画画图，做一些记录。晚间你们和衣躺在帐篷里看着纱网顶外的星星，有时你给他讲笑话，有时他给你讲旅游中的趣事见闻。

很快便到了最后一天晚上，你们登完了地图上仅剩的一座山峰。

徐霞客在篝火旁坐着，火光跳动，映得他琥珀色的眸子里起了微光闪动。

“明日就走了吗？”他抬起头问你，眼色深邃得能把人吸进去。

你点点头。

“以后还能见到你吗？”

你犹豫了一下，扬起一个明媚的笑容：“能。只要你走的山够多，便能遇见我。”

这夜你们没有睡，而是烤火聊天到天亮。

东方露白，朝阳一点一点喷薄而出。

你蓦然回首问他：你走过这么多的山，哪座最美啊？”

他恍惚了一下，记忆里似有万水千山划过。而后最终看向朝阳，眼里满是温柔。

“黄山，当然是黄山。”

“登黄山，天下无山。”——《徐霞客游记》

达成结局

·任务完成·

顶峰温柔

11

“你想回去看看母亲吗？”你坐起来问他，“我可以让你去见她。”

徐霞客面色一喜，眸子都在闪闪发光：“真的吗？”

“真的，只是……你只能待几个小时。”你犹豫了一下，没有说出实话。

若用 日行千里 执行与任务无关的动作，你便需要即刻返回系统终止此次任务，除非系统漏判。

“谢谢你，你可真是仙女！”他突然扑过来紧紧抱住你，眼神里满是欢喜。

天微亮时，你们回到了山顶。

“嘿，我该走了。”你站在原地笑着对他说。

“为什么？你不和我接着旅游了吗？”他连忙走到你面前，有点慌张地问。

你看向一旁，朝阳缓缓升起。都说黄山的日出是最美的，可徐霞客却目不转睛，一直皱着眉头看你。

“因为我违反了某项天规，现在要回去了。”

“那你还回来吗？”

你已经听到系统的倒计时声了，看来系统没有错判。

“再见啦。”

“等等！这个给你！”他连忙打开书，拿出昨晚采的杜鹃花。

他伸出手时，对面已空无一人。

杜鹃花瓣片片散落，山风吹过，打着圈落入谷中。

达成结局

·任务失败·

山顶之别

解锁角色

谢灵运

开始游戏 ▸

任务三

逆天改命

任务等级 A

人物线索：一只鞋的自白

文 / 三心草 Flora

1

我家公子谢灵运有一句名言：山不过来，我就过去。

对此，我表示压力很大。

身为南北朝时期的著名诗人，山水诗的开山鼻祖，我国最早的户外旅行家，东晋名将谢玄的孙子，大书法家王羲之的曾外孙，谢家公子一出生便自带光环。

是的，在那个没有科举制度的年代，官二代不需要经过任何考试，就可以凭借祖上的功劳世袭爵位，这也直接决定了谢公子行事高调、生活奢靡的个人风格，以及毫不出人意料地在日后成为国内著名登山鞋品牌的发明人。

你猜得不错！

此刻出现在你视野中的不才在下，正是谢公子脚丫子底下的那一双鞋，人称“谢公屐”。

2

后来，我时常想，为什么是谢公子这位旷古烁今的大知识分子独具匠心地发明了我，这恐怕还要从他的工作态度说起。

晋安帝元兴二年（公元 403 年），谢公子顺风顺水地长到了十八岁，意气风发、狂傲自负，由于爷爷和父亲相继去世，他继承了祖上的爵位，被封为康乐公，并授予员外散骑侍郎之职。这要是换作旁人，一定感激涕零，兴高采烈地上任去了。可我家谢公子有钱任性，一直拖着不去单位报到。“旧时王谢堂前燕，飞入寻常百姓家”这两句诗大家都听过吧？其中的“谢”指的就是以我家谢公子为代表的谢氏家族，连皇上都惹不起。

所以，你懂的！

就这样稀里糊涂过了两年，不仅 KPI 没人考核，反倒因为是名门之后，谢公子被升任为琅琊王司马德文的行参军。

这可就要了命了！

自从当了晋恭帝的秘书，谢公子更膨胀了，平时在家，“四人挈衣裙，三人捉坐席”，出门在外，依仗权势，穿奇装异服、坐改装豪车，引得年轻人争相效仿。有《宋史》为证：“性奢豪，车服鲜丽，衣裳器物，多改旧制，世共宗之，咸称谢康乐也。”偏偏这时后院起火，他的小妾跟家里的奴仆发生了私情，他一个没忍住，当场将奴仆打死，被处以降职处分。

谢公子很生气，后果很严重。

他谢灵运是谁啊？“天下才共一石，曹子建独得八斗，我得一斗，自古及今共分一斗。”降薪也就罢了，反正谢公子有的是钱，可朝廷让他做了个芝麻大小的官儿，纯属埋没人才。

谢公子这样想着，总觉得自己怀才不遇，天天坐在办公室里发牢骚。你说说，就这态度，就算同事能忍，领导也忍不了！很快，他被调离京城，派往浙江永嘉担任太守，从此谢公子彻底放飞自我，开始了他的户外旅游生涯。

3

讲真，我家谢公子不仅热衷旅游，并且还很专业，是一位成熟的背包客，这一点从他的诗歌中便可见一斑：“裹粮仗轻策，怀迟上幽室，行源径转远，距陆情未毕。”

你瞅瞅人家这毅力，要不怎么说我佩服他呢？

准备好食物、拿起手杖，蜿蜒曲折地爬上风景清幽的地方，沿着小路向溪流的源头越走越远，该上岸了，游览的兴致还十分浓郁。

不愧是谢公子！

你要知道，古代的登山游和现在可不能比，当时更像是一种探险，个中艰辛，只有亲身经历的人才知道。而我家谢公子酷爱登山，尤其喜欢攀登险峻的山峰，高达数十丈的岩峰他也敢上，可以算作我国攀岩运动的先行者。

自然而然地，对于装备的要求也就随之提高。

我不知道谢公子在发明我的时候是怀着怎样的心情，也许是仲夏某个月朗星稀的夜晚，结束了一天紧张而刺激的旅游，他独自一人坐在豆灯前，一边揉搓自己酸胀的大腿，一边皱紧眉头，盯着地图苦思。

江浙一带风景秀丽，名山大川遍布，就凭他一人要走完所有景点，显然是不可能的。

该怎么办？

目光渐渐落在竹帘外那一堆略有些陈旧的装备上，所谓“脚力不够鞋来凑”，谢公子灵光一闪，一双集美貌与智慧于一身的“谢公屐”便这样应运而生。

4

在魏晋南北朝时期，木屐是比较流行的鞋子。当时的文人雅士有三个特点：首先，嘴里要说些个玄之又玄的话，其次，手里要拿一个麈尾，第三，脚下必须穿一双木屐。这个造型在当时可以说是名士标配，如果没有一双木屐，压根儿就迈不进上流社会的门。

而我家谢公子虽然常年混迹于社会食物链的顶端，但和其他二世祖不同，不仅勇于创新，动手能力也很强。

就算以现代眼光来看，我也是一种非常符合旅游科学的登山装备，《宋书》中这样记载：“寻山陟岭，必造幽峻，岩嶂千里，莫不备尽。登蹑常著木履，上山则去前齿，下山去其后齿”。虽说我不如现在的运动鞋轻便，但却比运动鞋更适合崎岖的山道，大致原理是在鞋底开几条槽，以木料做鞋齿，鞋齿可横向插进斜槽，上山时把鞋齿插入后跟齿槽里，上山便前低后高，下山时把鞋齿拔出，插入前掌齿槽，下山便前高后低，等到了平地，就取出鞋齿，前后一般高低，变成平底鞋，如此就可以步履平稳，行走如飞。

经过一段时间的试用，作为首席产品体验官的谢公子对我表示相当满意，并逐步将他的旅游副业开展得愈发红火，当然，本职工作也愈发荒废，以至于各种举报信纷至沓来。朝廷很生气，派专人对他进行勉励谈话，没想到，谢公子更生气，干脆请了长期病假，离职回乡，不干了！

我虎躯一震，隐约有种不好的预感。

但没办法，他帅，他说了算。

回乡以后，谢公子开始专职旅游，我也由此走上了人生巅峰，每每出行“从者数百”，逢山开道，遇水搭桥，浩浩荡荡，惊天动地，几乎成为当时一景。《南史》上这样记载：“尝自始宁南山伐木开径，直至临海……”吓得不明就里的临海太守还以为是山贼来了，赶紧让谢公子停了工。

与此同时，谢公子的山水诗功力也与日俱增。那首著名的《登池上楼》更成为他的代表作，其中两句神来之笔“池塘生春草，园柳变鸣禽”一直被人津津乐道。很快，他与家族中的另一位山水诗大神谢朓组了个男团，出道名叫“大小谢”。

你要问我什么意见？

不好意思，我不方便发表评论，只能说，我是谢灵运的粉丝，谢谢。

5

若我家谢公子能像徐霞客那样心无旁骛，专心旅游，也不失为一种生活方式。但他家毕竟有一个爵位需要继承，所以在会稽，谢公子一边游山玩水，一边经营家业，他做的第一件事就是想把自家附近的湖填了种水稻。

当时的会稽太守叫孟觊，是个半吊子佛教徒，怕围湖造田涂炭了水中生灵，当场拒绝了他。谢公子何时受过这种委屈，气得暴跳如雷，却也无可奈何，两人就此结下梁子。

谢公子伺机报复，有一次，他对孟太守说：“得道成佛得有慧根，像你这样的人，死肯定死在我前边，至于成佛嘛，肯定在我后头了。”差点儿没把孟太守气得脑出血。没过几天，谢公子又邀友人到千秋亭痛饮，喝醉后就脱光了衣服裸奔，一边裸奔还一边大呼小叫。孟太守知道了，派人去警告他，谢公子大怒：“身自大呼，何关痴人事！”也就是说，我的身体自己要唱摇滚，跟你有啥关系？

新仇旧恨涌上心头，孟太守立刻上书，弹劾谢公子。皇上为了息事宁人，没有降罪于他，还给了谢公子一个内史的小官，于是他便去江西临川上任了。

我长舒一口气。

按理说，这下谢公子该有所收敛了吧？

可他到了临川，依旧如故，不理政务，纵情山水。没多久，他再次遭到弹劾，被流放到广州。路上，谢氏家奴聚合江湖侠士密谋在三江口劫囚车，结果此事在临行时败露，所有参与之人都受到牵连。这次就算天王老子也保不了谢公子，终于朝廷下诏“于广州弃市”，要将他斩首示众。

快，来个人，帮我掐一下人中。

在谢公子行刑前，监斩官问他还有什么要求？谢公子苦笑了一下：“我现在是毫无挂碍，只可惜了这一副美髯，如果您能在我死后，把我的胡子割下来捐给寺庙，让他们在塑维摩诘菩萨像的时候用，那我就圆满了！”

监斩官的额头上流下三滴冷汗。

后来，我时常反思，是不是对旅游的狂热最终毁了我家谢公子，而我又在这个过程中扮演了什么样的角色？如果没有我，许多险峻的地方，他是不是就去不成了，是不是就会多花那么一丁点儿时间在政务上？

可事实证明我多虑了。

《宋史》记载：“灵运为性褊激，多愆礼度，朝廷唯以文义处之，不以应实相许。自谓才能宜参权要，既不见知，常怀愤愤。”

显赫的出身和皇室对士族的纵容令我家谢公子迷失了自我，目中无人和恃才傲物又令他走上一条不归路，或许旅游是他空虚灵魂中最后的倔强。

谁知道呢？

许多年以后，我流入民间，被不停地仿制、改良，深受广大百姓喜爱。可在我心中，我家公子永远是我家公子，我永远记得是他用温热的双手赐予我生命，也赐予了后世榜样的力量和旅游的意义——

不管贫穷还是富有，要记住，人生不止眼前的苟且，还有诗和远方。

这就是我，一双登山鞋的自白。

永远印着谢灵运的名字，立于滚滚历史长河。

片尾彩蛋

热闹的市集，身着华衣的男子久久地站立于我的面前。

“谢公宿处今尚在，渌水荡漾清猿啼……”他在吟诵，“脚著谢公屐，身登青云梯……没想到离开长安，还能在这穷乡僻壤见到如此宝物！，这双鞋多少钱？我买了！”

公子胡乱报了个数，欢天喜地接过银两。

我便跟他回了家。

“我昨晚做了一个梦，梦里仿佛去了天姥山……”他将我放在桌旁，喃喃低语，任由饱蘸浓汁的毛笔在雪白稿纸上淌下一滴墨迹，“醒来只觉万事皆空，胸中一片怅然……”

他振臂挥毫。

不一会儿，整首诗一蹴而就——名为《梦游天姥吟留别》。

好诗！我惊呼，尤其最后两句“安能摧眉折腰事权贵，使我不得开心颜”，和我家谢公子当年追求自由的精神有异曲同工之妙。

他认识我！

我抬头斜睨那张气宇轩昂的脸，在月光的照射下散发出一种与众不同的气魄。

他是谁？我暗忖。

就像看透了我的疑惑，忽然，他掷笔回首，对我粲然一笑：“你好，我叫李白，世人都崇拜我，但我只崇拜谢灵运。”

任务背景：元嘉十年，名满天下的诗坛领袖谢灵运，被宋文帝刘义隆以“叛逆”罪名杀害，年仅四十九。纵观其一生，不仅在政治上深受压抑，更是在与“刘宋王朝”的抗争中屡屡落败，命运多舛又充满悲剧色彩。

任务目标：穿越到谢灵运年少时，帮助他改写人生结局。

（注：本关因情况特殊，达成结局即算任务成功）

本次背包物品：月光宝盒 ×1　谢公屐 ×1

文 / 明戈

开始任务 ▸

1

可能是经纬度没调好，你刚一落地便掉进了谢灵运家的荷花池。巨大的水声在万籁俱寂的黑夜里尤为明显。

“何人！”还未等你站起来，一道稚嫩但凶蛮的声音就从旁边传来。

你落汤鸡一般撩开眼前湿掉的头发，循声看去，只见一个身着浅绿色缎袍的少年站在岸上，正满脸警惕地看着你。

“莫慌，我不是坏人。”你连忙表明立场，“你就是谢灵运吧？我是来帮你的。”

谢灵运眯起黑亮亮的大眼睛，上下打量了你几眼。

“你是何人？为何帮我？”

看着眼前天真的小小少年，你咽回了“救你将来免于斩首”这句话。

“这个……我是何人你就先不用管了，反正我是来帮你的。”你支吾道。

“那你能帮我找到一本道家古籍吗？我堂叔翻遍了整个都城都没找到。”

“哈哈，这个，有点难。”你讪笑一下，满脸黑线。

谢灵运歪头看看你，哼了一声：“原来是个骗子。”

竟然被一个小孩说是骗子？你急了，三两步就从池子里爬了上来。

“好，姐姐我今儿个就让你长长见识。”

说罢，你从背包里拿出了月光宝盒。你选择 ______。

A. 自己演示穿越 跳转3

B. 带他一起穿越 跳转6

2

受封大典即将开始，你赶紧跑去内院寻找谢灵运。

那边站着一个身形颀长的少年，穿了件刺绣繁复的华贵锦袍，墨发高高竖起，站在荷花池边凝神望着水面。

“谢灵运！”你喊道。

他闻声一怔，转过身来，眉眼出落得英俊帅气。

“仙女姐姐？”他笑了起来，“我方才看见荷花池还想起你，以为你是我年少时做的一场梦，没想到竟是真的。”

你急急地走上前打断他：“不是让你别要这爵位，你以后会受制于朝廷的。”

谢灵运摇摇头：“世家的事不是要不要这么简单的。既然生在这里，你便是这里的人。”

也对，是你想得太简单了。

谢灵运拍拍你的肩膀：“佛教讲万物发展自有定数，仙女不必如此为我操心。就算以后遇到恶人，也是注定的事。”

恶人？

等等，那位日后一直看他不顺眼的皇帝刘裕现在正在“北府兵”当差，“北府兵”又是谢家掌管的。如果现在同那刘裕搞好关系，以后何愁被打压？

跳转7

3

你打开宝盒，自己转瞬间消失在谢灵运眼前。

五秒钟后，你又出现在了原地。

“神奇不？还管我叫骗子不？”你得意地说。

可小谢灵运却定定地看着你，傻了似的一言不发，然后被吓得大哭起来。

“救命啊！有女鬼！”

侍卫听闻哭声火速赶来，把你扔出了谢府。

任务失败。

系统提示：《儿童心理学》已加入您的好学大礼包，

请在此次任务结束后前往补习。

4

你在永嘉郡找到谢灵运时，他正坐在桌前认真做鞋，桌子上满是图纸和碎木块。

他已不复年少，是个历经了岁月的成熟男子，下巴上有些没来得及刮的细密胡茬，肤色也是健康的小麦色，一看就是经常出门游山玩水。可即使是这样，也难掩其公子气质。

“谢灵运。”你轻声叫了下他。

谢灵运抬起头，脸上却是茫然的神色：“你是？”

你心下思忖，距离上次见面已经过去了快 30 年，他认不出来你也是正常的。

你坐到他对面，提醒道：“你记得小时候碰到的一个姑娘吗？”

谢灵运摇摇头。

“她还带你穿越来着，忘了吗？”

谢灵运眯起眼睛，似乎想起来了什么。

“我恍惚有点印象，可早就记不清了，那只是我童年做的一个梦。”说罢摇摇头，“你该不会说，你就是她吧？”

“嗯！”你疯狂点头。要不是你的月光宝盒只能带人穿越一次，你就当场演示给他看了。

谢灵运大笑起来：“姑娘别骗我了。若我们当年真的见过，你现在应该老了才对。”

“因为……我不是凡人。”事到如今，你只能闭眼吹了。

“这么说你是仙女喽？”谢灵运玩味地看着你。

为了自证身份，你 _____。

A. 拿出谢公屐 跳转10

B. 据理力争，发动嘴炮技能 跳转8

5

你穿越到了他行刑的前一天，决定带他越狱。

牢房里，他头发散乱，满脸尘污。唯有那双眼睛，依旧充满灵性，灼灼有光。

“你怎么在这里？”你的出现吓了他一跳，“上次你突然消失，我还以为再也见不到你了。”

“越狱。”你开门见山。

“我试过，失败了。”

“这次有我，我带你走。”

谢灵运顿了顿，忽然道：“你还真的是仙女。自我幼年初次见你，每每遇难你都会出现。”

“你也知道我要帮你。”你又气又无奈，“可你没一次听话的。”

谢灵运没回话，只是笑着看你。

你低下头，语气很闷。

“这次你若再不听，便真是最后一次了。”

他拍了拍你的肩，神色复杂：“没有用的。”

“怎么没有用？我带你去隐居山林，去过隐姓埋名的日子，你只需要不再写……”说到这，你蓦然停住了。

你明白了谢灵运的眼神。

纵情山水，作诗写文，是融在他血脉里的事。从他幼年时拿了第一本书起，血液里便是掺了墨的。

他的每首诗都传颂甚远。可若为了苟活，他不能再肆意地吟诗作赋、讽谏上书，那便是生生割断了他的血管，和死了又有什么区别。

他眼角带笑，满是赴死的坦荡。

“既然所剩时间无多，送仙女姐姐一首诗吧。”

你眼圈发红。

“先前那些，你不后悔吗？”

他没回话，专心挥笔写着。笔锋遒劲，力透纸背。

你望向他，明明他穿着粗布囚衣，狼狈不堪，可一旦拿起笔，神态却愈发便显出高贵雅致，一如当年那个站在荷花池边等待封爵的少年，在这阴暗漆黑的牢房里发出光来。

“邂逅竟慨时，修短非所愍。”

他将诗递过来，墨色的眸子深邃如夜。

“灵运不悔。”

达成结局

·任务完成·

临别赠诗

6

你拉住谢灵运，带他来到了永初元年，他被贬谪的时候。

你指着时空结界里的他说：“喏，你看，那就是长大后的你。非要走仕途，结果怎么样，被贬了吧。”

你没敢带小灵运见他更惨的时候，怕他幼小的心灵经受不住打击。想着让他先看看以后生活的苦，从根源断绝他做官的这种可能性。

谢灵运一开始还对穿越很惊异，不过很快便适应了眼前的景象。

“贬谪又如何，我博览经书，不就是为了能在政治上施展抱负吗？”他小脑袋一晃，说得头头是道。

“可你那么有灵性，何必在官场染了那些污秽？听姐姐的，以后别继承什么爵位，归隐山林吃喝玩乐多好。”你苦口婆心地劝。

“也许以后我的想法会变吧，不过现在我的想法不变。”

“你！”你被气得噎住，半晌才憋出来一句，“不听老人言，吃亏在眼前。”

“姐姐你不老。”或许是因为你的关心，谢灵运对你放下了戒心，还伸出手戳了一下你的脸，“你是神仙吗？”

你没好气地驳回去：“不是一个系统的。”

谢灵运眨了眨眼睛，突然正色：“姐姐，官场的恶，我不惧怕。”

你看着他纯真善良的双眼不知道怎么回答。

把小谢灵运送回去后，你思考起如何帮他改写命运。

一番抉择后，你拿出月光宝盒，决定穿越到他 ______。

A. 元兴二年继承爵位时 跳转2

B. 永初三年被贬谪时 跳转4

7

你拉住谢灵运：“等仪式结束，快去北府兵找刘裕，虽说他现在是个下等人，以后地位却高得很！”

谢灵运漂亮的眉毛皱了起来：“仙女可是要我折腰谄媚下人，为了方便以后依附权贵？”

“嗯……话糙理不糙。”你眨眨眼。

“不去。”谢灵运双手一抱胸，态度坚决。

“去吧，不然你以后会很惨的。”

“不去。”

“真的很惨！”

“不去。”

“你不怕死？”

“死也不去。”

你气得直跺脚，谢灵运却“扑哧”一声笑了出来。

“生死有命富贵在天，我只需要做好我该做的，想做的，剩下的交给老天就好。仙女既是从天上来，应该懂得这个道理呀。”

你听厌了他佛系的言论，伸出手猛地一推，把他抵在廊柱上，倾过去咬牙切齿一字一句道：“你知不知道你的早逝对文坛是多大的损失？知不知道你以后会写多少好诗，有多少追随者？”

谢灵运沉思了一会，你以为有戏，结果他一本正经道：“纠正一下。我现在就写了很多好诗，很有才华，也有很多追随者。”

对牛弹琴！

正当你要说什么，他却伸出修长的食指轻轻抵在你的嘴唇上。

“仙女莫劝。折腰之事，我不妥协。”

没办法，你决定尝试最后一次。

跳转5

8

你唾沫狂飞，晓之以理动之以情，和他生生讲了半个时辰。

可惜谢灵运并没有相信。

最终他觉得你实在是耽误他做鞋，叫来了侍卫把你赶了出去。

任务失败。

系统提示：《语言的艺术》已加入您的好学大礼包，请多多学习。

9

谢灵运说得不错，这山幽深静谧，山径蜿蜒曲折，阳光透过繁密的枝叶随意洒在地上，美得像仙境。

你光顾着看周围的景致，一不留神踩空一脚，差点摔倒。

一双有力的大手瞬时扶住你，醇厚低沉的嗓音从身后传来。

“小心点。”

两个时辰后，你们爬到了山顶。

几缕乳白色的雾气沿着苍青色的山脊缓缓流淌，红日掩映在白云里，远处的江水波光粼粼，与长空一色。

“太美了！”你不由感叹。

你回身去看谢灵运，只见他负手而立，身躯凛然。山风轻轻撩起他玄色锦袍的一角，如诗如画。

“云日相晖映，空水共澄鲜。”他喃喃吟道，出口便是绝篇。

你无奈地摇摇头。

你知道，单凭谢灵运这一身纵绝千古的才学，朝廷就不可能放过他。

他是墨的精灵，可这权贵势力就是要一遍遍把他拖回恶臭之地，看他如何失掉志向尊严，如何苟且偷生，如何背负陷害，再了结他的生命。

像凤凰，被囚在带刺的笼里。

你上前拉住他，张了张嘴，却什么都没说出来。

他身披雾气，宛如站在云里。

“若是命运之赠，我不拒绝。”

面对他的选择，你决定试最后一次。

跳转5

你把谢公屐摆到他面前："你这图纸才刚画出来没几天吧？若我是凡人，怎会有这个？"

谢灵运不敢相信地看着鞋，又细细端详了下你的脸，震惊道："那梦竟是真的。"

你见总算取得了信任，连忙和他说："你快离开这里，不要待了，以后会有危险的。"

谢灵运疑惑地说："我现在已经被贬官，终日游山玩水，怎么会有危险？"

"因为他们以后还会拉你去朝廷做官，不论你想不想。"

你以为这样会威慑住谢灵运，没想到他淡然道："那就做呗，这样才有机会和祖父一样成为政治家。"

"然后你就被'咔嚓'了！！"你在脖子上猛地一比画。

谢灵运看你着急的样子，笑出了声。

"有劳仙女费心了。这后山的景色极好，不如随我去散散心？"

这人真是难劝！面对他的邀请，你选择 _____。

A. 回到他继承爵位时，说服他不入官场 跳转2

B. 点头答应 跳转9

编号 89757：

恭喜你完成任务，并获得申请时空特工局的实习资格，请完成年度特工考核表，并在十个工作日内递交实习申请。

预祝你实习顺利。

特工大学

元历 2060 年 5 月 15 日

完

遥知朔漠多风雪，
更待江南半月春。

图书在版编目(CIP)数据

与卿共风月／古人很潮 编著.
—武汉：长江出版社，2020.9
ISBN 978-7-5492-7208-2
Ⅰ.①与… Ⅱ.①古… Ⅲ.①短篇小说-小说集-中国-当代 Ⅳ.①I247.7
中国版本图书馆CIP数据核字(2020)第183198号

与卿共风月 ／ 古人很潮 编著

出　　版　长江出版社
　　　　　（武汉市解放大道1863号　邮政编码：430010）
选题策划　漫娱图书　买嘉欣
市场发行　长江出版社发行部
网　　址　http://www.cjpress.com.cn
责任编辑　罗紫晨
特约编辑　郭　昕
总 编 辑　熊　嵩
执行总编　罗晓琴
装帧设计　吴　彦
人物插画　鱼　泡　迟　黛　绘了个弦　张帝心
印　　刷　深圳市精彩印联合印务有限公司
版　　次　2020年9月第1版
印　　次　2024年5月第13次印刷
开　　本　710mm×1120mm　1／16
印　　张　15.5
字　　数　170千字
书　　号　ISBN 978-7-5492-7208-2
定　　价　49.80元

电话：027-82926557(总编室)　027-82926806(市场营销部)